O SILENCIO DO VENENO

Copyright © Sávio Batista 2023
Copyright © Editora Skull 2023

Todos os direitos reservados. É proibido o armazenamento, cópia e/ou reprodução de qualquer parte dessa obra — física ou eletrônica —, sem a prévia autorização do autor. Esta é uma obra de ficção, qualquer semelhança com nomes, pessoas, fatos ou situações da vida real terá sido mera coincidência.

EDITOR CHEFE: Fernando Luiz
COORDENAÇÃO EDITORIAL: Gabrielle Batista
REVISÃO: Gabrielle Batista e Luiza Stradiotto
CAPA: Resumo Editorial
DIAGRAMAÇÃO: Skull Editora
ILUSTRAÇÕES INTERNAS: Cássia Alves

Esta obra segue as regras do Novo Acordo Ortográfico da Língua Portuguesa.

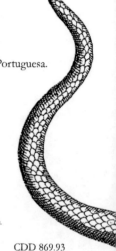

Catalogação na publicação
Ficha catalográfica elaborada pela Editora.

B333
BATISTA, SÁVIO

O Silêncio do Veneno - Sávio Batista - Editora Skull - São Paulo - Sp
151 pp 14x21

ISBN : 978-65-980522-1-8
    1.Romance. 2. Terror. 3.. Literatura brasileira. I. Batista, Sávio.
    II. Título.

CDD 869.93

Índice para catálogo sistemático

I. Ficção: Literatura brasileira: Romance

CNPJ: 27.540.961/0001-45
Razão Social: Skull Editora e Venda de Livros
Endereço: Caixa Postal 79341 Cep: 02201-971 — Jardim Brasil, São Paulo
—www.skulleditora.com.br/

@skulleditora
www.amazon.com.br

AGRADECIMENTOS

Este livro eu dedico às pouquíssimas pessoas com as quais convivi e, por incrível que pareça, nunca critiquei! Aos meus amigos e leitores, cada qual com sua peculiaridade e apoio, sem vocês meu caminho como escritor seria, no mínimo, impossível.

Bárbara, a qual gostaria de ser a única nessa lista de melhores amigos;

Gustavo, sempre o primeiro a comprar meus livros e o último a lê-los;

Mayara, e não "Maraya", que é o certo caso queira apanhar;

Laís, a que julga meus personagens, marca trechos e compartilha surtos.

Se houver alguma prova de que já os critiquei, ficarei feliz em alegar ser algo forjado. Caso o sentimento não seja recíproco, concordaremos em discordar.

PREFÁCIO

"Mas os covardes, os incrédulos, os depravados, os assassinos, os que cometem imoralidade sexual, os que praticam feitiçaria, os idólatras e todos os mentirosos – o lugar deles será no lago de fogo que arde com enxofre." — Apocalipse 21:8

Desde pequenos, crentes ou não, ouvimos falar sobre o Inferno. Um lugar de penitências, onde sofremos as consequências de nossas ações em vida. As descrições são sempre tenebrosas, não importa de qual boca você ouça. Não é um lugar agradável, sequer bonito, e para quem acredita, o pior local para se estar por toda eternidade.

Mas e se eu te dissesse que, neste Inferno, você tem a chance de não sofrer para sempre? Acalme-se, ainda haverá o terrível sofrimento, mas não eterno. Ele terá um fim, só não se sabe quando e nem o que será preciso fazer para conquistá-lo...

Há um ditado que diz para não se confiar na beleza externa, que é preciso ver o interior... bem, sugiro que descarte essa ideia, pois em O Silêncio do Veneno essa hipótese não existe.

Mantenha-se sempre atento.

Não confie em ninguém, sequer em sua própria sombra ou a de outrem.

Paloma Sama

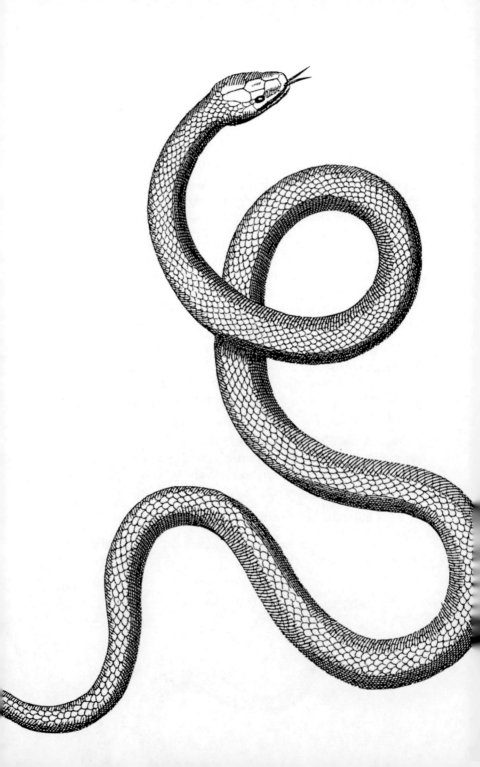

CAPÍTULO I O MUI ESQUECIDO

POIS ESCREVER É UMA FORMA MOMENTÂNEA DE SE ESQUECER DOS DEMÔNIOS.

*DA TERRA AO INFERNO *

Notou, de soslaio, o vulto no canto do quarto se aproximando. Sentiu um peso no peito que o impediu de gritar, mas não de fechar os olhos. O colchão pareceu engolir seu corpo e seu medo. A respiração foi se acalmando aos poucos até que não sentiu mais desespero ou frio. Quando se atreveu a abrir as pálpebras, notou-se sentado em uma mesa de bar, em companhia do próprio diabo.

O local estava vazio a não ser pelos dois. A mesa era pequena, comum em qualquer botequim de esquina, feita do característico plástico pintado de amarelo, assim como a cadeira pouco confiável que sustentava a alma penada. Não havia outras mesas ali, o balcão do bar estava vago e pequenos vultos saltitavam pela penumbra. Diabretes, vermelhos e risonhos, traquinavam aqui e acolá. Eram aproximadamente do tamanho de ratazanas, possuíam chifres, asas e caldas. Trajavam tangas e sapatos de couro, a roupa possuía ainda menos classe que o decoro das bestinhas. Alguns cuspiam pequenas bolas de fogo, outros planavam sem muita destreza enquanto pregavam peças uns nos outros.

Uma das criaturinhas traquinas se aproximou voando, trazendo ao novo visitante um copo com algo que se assemelhava a água. O homem segurou o recipiente com cautela, encarou a coisa rir e voar para longe antes de cheirar o líquido. Não havia odor algum e a boca dele estava seca. Na esperança de saciar a sede, tomou um bom gole do conteúdo. O primeiro sorvo foi mais que o suficiente, pois a garganta ardeu. O sujeito imaginou que só poderia sentir uma dor como aquela engolindo de-

O SILÊNCIO DO VENENO

zenas de navalhas para então espremer um limão inteiro goela abaixo. Levou os dedos ao pescoço e se encolheu. Deixou o copo sobre a mesa com certa dificuldade, já que a mão teimava em se manter trêmula. Sentiu a insegurança da própria atitude, enquanto expressava a careta de dor e arrependimento. Sem saber explicar bem o motivo, teve a impressão de que deveria evitar demonstrar fraqueza naquela situação, então tentou se acalmar respirando fundo. O ar adentrando os pulmões causou mais dor que o esperado, e ele tossiu em resposta. Um calafrio percorreu a espinha até que fechasse repentinamente os olhos, mas quando os abriu novamente, o diabo continuava à sua frente.

— Não precisa respirar se não quiser — disse a besta. — Mortos não precisam de ar.

O recém-defunto o observou de cima a baixo e estava tudo ali. Magro, nariz adunco, cabelo preto perfeitamente penteado para trás, terno branco com camisa carmim e gravata de mesmo tom, o olhar voraz e o perfume de algo que lembrava canela. A boca era um filete rosa que cortava a pele pálida abaixo de olheiras profundas. Talvez se passasse por um homem comum se não fossem os pequenos chifres que lhe escapavam pela testa. Ele, debruçado com os braços cruzados sobre a mesa, parecia muitíssimo interessado no sujeito à sua frente. A sensação que se passou entre os ombros do homem seria capaz de gelar a alma. O mais assombroso era a voz da criatura, a qual alcançava um tom melancólico e, ao mesmo tempo, provocador. O diabo estava sério e, por mais que estivesse atento, não se notava nenhum traço de emoção naquele rosto esguio.

— Devo dizer que você é peculiar — continuou a besta. — Hoje, sou o mestre de meu domínio, mas antes era o rei de todo o inferno. Conheço aqui tudo e todos, ou pelo menos achava que era assim. Por algum motivo, que ainda não sei bem qual, houve algo muito estranho na hora de sua transição. Ao contrário de você, é de meu conhecimento o teu nome, passado e pecados. Sei muito bem o motivo que o trouxe aqui... devo admitir que isso me diverte. Pensei, por um instante, que sua vinda poderia ser algum tipo de truque, talvez a armadilha dos arcanjos ou até do criador. — O rei das mentiras inspirou profundamente. — Não sinto cheiro de toque divino em você, não parece nada além de uma alma mortal condenada. Mesmo que continue sendo um ninguém, você é único. Vindo ao meu reino sem memórias... que afronta original. Isso dificulta meu trabalho.

A criatura à frente do homem ajeitou a postura, suspirou como se estivesse imensamente cansado e, apoiando o queixo sobre uma das mãos, olhou o mortal com seriedade.

— Eu poderia tomar uma decisão aqui e agora, mas cederei à minha curiosidade. Considere uma atitude pro bono de minha parte — prosseguiu o diabo. — Ao longo de tantos milênios que este lugar existe, como disse, é a primeira vez que vejo um caso de amnésia post mortem. Veja bem, para o castigar da devida forma, devo esfregar seus atos de imensa crueldade em sua face, fazê-lo sofrer por um longo período antes da anistia. Tudo é regrado, predeterminado e cuidadosamente elaborado para que cada um dos hóspedes desfrute de um horror absoluto durante toda hospedagem. Só que, devido à sua condição de não se lembrar da vida que levou, seria complicado fazer com que você se arrependesse de algo que não recorda ter feito.

Assim como o próprio percebeu, a amnésia do mortal se destinava principalmente a coisas mais pessoais. O homem se lembrava de alguns livros e filmes. Histórias e lugares repassavam repetidamente pela mente com lacunas. Não se recordava do nome dos pais, amigos, muito menos da própria alcunha. Os rostos das pessoas próximas também haviam desaparecido por completo, como se nunca as tivesse conhecido. O diabo, em um movimento fluído e ligeiro, levantou-se da mesa. O sujeito o imitou. Ainda sofrendo pela bebida, tossiu e notou que as pernas estavam trêmulas, o estômago parecia pesado. Não imaginava que um drinque no inferno pudesse ser tão devastador. Observou o anjo caído se afastar vagarosamente, mas a besta notou que não era seguida e se virou para o hóspede.

— Venha a mim, pobre alma — resmungou o diabo. — Não se prenda mais a coisas vívidas como o receio. É por ter medo de ir para o inferno que você tentou, e fracassou, em ser boa pessoa. Agora que está aqui, não há mais motivos para toda essa ansiedade, o que havia de pior já aconteceu! Na verdade, está apenas começando, vamos! Conforme-se! Possuo um reino para lhe mostrar, então crie o mínimo de coragem, venha e veja!

O humano, cabisbaixo, deu o primeiro passo em direção ao destino que lhe aguardava. Com pernadas cautelosas, o mortal seguiu o demônio em direção à porta. Como morcegos em uma casa abandonada, os diabretes sobrevoavam o teto do bar, dando rasantes na cabeça do homem e, vez ou outra, algum deles sentava-se ao ombro de seu lorde e sibilava palavras incompreensíveis para qualquer humano. Seria uma possibilidade estarem se comunicando em um dialeto já esquecido pela humanidade, ou só mesmo fazendo graça para aperrear o novo inquilino? O diabo virou o rosto e acompanhou, com o olhar afiado, o diabinho que se aproximava carregando um envelope. A besta, pela primeira vez desde o início do encontro, sorriu. Não revelou os dentes ou presas, mas os cantos da boca se curvaram ligeiramente para cima. Ele pegou a carta e, após dispensar o diabrete com um aceno, virou-se para o acompanhante, já devolvendo a seriedade ao semblante.

— Imaginei que seria... interessante tentar recuperar sua memória — disse o demônio. — Pedi para meus ajudantes trazerem pistas para atiçar suas recordações. Os diabretes possuem a capacidade, bem conveniente, mas desgastante, de encontrar coisas perdidas no mundo humano e as trazer para meu domínio. — Girou o envelope entre os dedos. — Todos os invólucros foram jogados no lixo, a maioria nunca foi aberta e estão endereçadas a você. Pelo que vi, foram manuscritas por seus pais. Como disse, é muito trabalhoso trazer objetos daquele mundo para cá, então receio que demore um pouco até que você possa ler tudo o que lhe foi enviado. Julgo que, com o esforço dos diabretes, você conseguirá ler uma carta por dia. Sabendo disso, pedi para que trouxessem por ordem de data, começando pela mais antiga. Peço que guarde bem esta carta e deixe a leitura para depois de nossos afazeres. — Estendeu o envelope na direção do mortal. — Acredito que precisará prestar atenção a todos os detalhes, pois seu tempo de castigo dependerá disso.

Com certo receio, o humano pegou o envelope. Mesmo curioso para ler o conteúdo, dobrou o invólucro e o guardou no bolso. A criatura deu de ombros e abriu a porta do bar. De imediato, o vento quente e poderoso acertou o rosto de ambos, fazendo-os semicerrar os olhos. Avançaram quase às cegas até que a visão se ajustasse à claridade. Estavam fora do estabelecimento e, ao lado do diabo, o humano admirava o céu carmim do inferno. Havia uma rua de paralelepípedo, a ventania era constante e milhares de diabretes voavam livremente em todas as direções. Os arredores e, no que parecia a viela de uma cidade abandonada, janelas e portas estavam escancaradas. Não havia motivos para privacidade naquele lugar de danação, os hóspedes pouco deveriam estar preocupados com a vida alheia. Nenhum sinal de grande construção, por toda a rua se erguiam somente pequenas casas, comércios e um parque de vegetação rasteira já morta. O humano, ainda amedrontado, seguiu o rei daquele lugar para o outro lado da travessia.

* CENTRO DO INFERNO *

Caminharam, em silêncio, pela calçada de concreto manchada e com rachaduras até que, movido pela curiosidade, o mortal virou o rosto para o interior de uma das casas. O que viu pela janela o deixou arrasado. O interior do local era imundo, manchas e mofo enfeitavam todas as paredes e o teto. Respirou e se arrependeu — o mau cheiro que emanava do cômodo causou náuseas ao observador, mas só chegou a vomitar quando os olhos encontraram o hóspede daquela habitação. Era algo que um dia foi um homem, somente trapos o privavam da nudez, mas deixavam à mostra úlceras e furúnculos que cobriam quase todo o corpo do sujeito. Os cabelos brancos estavam manchados de sangue e as mãos sujas como se, momentos antes, ele houvesse esculpido peças de argila com esterco fresco. O homem no interior do imóvel estava sentado em um canto no chão, os olhos dele, fixos nos próprios dedos, não notaram que era alvo de um curioso. Abalado, o mortal permaneceu parado enquanto encarava aquela cena horrível e desumana.

— Ah, então foi isso que o empacou — disse o diabo, olhan-

O SILÊNCIO DO VENENO

do por cima do ombro de seu acompanhante. — É só mais um médico que se negava a tocar em pacientes pobres. Muitas vidas foram perdidas por diagnósticos chulos deste verme. Agora o penado se vê como imaginava as pessoas que recusava em seu consultório. Ele deve ter fugido do domínio que o requisitou, mas a essa altura, julgando-se pelas chagas, o idiota já deve ter percebido que quanto mais longe estiver do local para onde foi despachado, pior fica o castigo. Vamos, vamos! — Ele fez sinal para que o humano ao lado o seguisse. — Não se deixe distrair mais por bobagens como esta, para onde vamos as pessoas são impacientes.

A revelação da índole do prisioneiro não causou alívio, mas o mortal deixou de olhar para a alma penada do médico. Cabisbaixo, o homem caminhou lado a lado à besta. Durante a jornada, permaneceu no mais absoluto silêncio, não se atreveu a ceder novamente à curiosidade para contemplar as dores daquele lugar desumano. Foram cerca de cinquenta passos, sob os gritos vindos do interior das casas, até chegarem ao lugar que uma mente humana julgaria impossível. Mesmo andando todo tempo em linha reta, se depararam novamente com o bar que deixaram para trás. O homem se questionou como aquilo era possível, mas cedeu ao desejo religioso de explicar tudo com a mais absoluta preguiça, pensando somente que era obra divina, ou muito pelo contrário, se é que poderia se afirmar isso.

— Não se incomode em buscar por lógica — disse o diabo. — O local é idêntico ao que estávamos antes, mas a semelhança não vai além da aparência. Estávamos no passado, era outro tempo, outro bar. Agora, peço por sua paciência, preciso entrar com antecedência para anunciar sua chegada. Temo que se você entrar neste local, sem aviso prévio, poderá sofrer algum tipo de ataque. Peço que fique aqui, sentado se possível, não converse com ninguém e, por tudo que acredita, não saia vagando por aí. Andar sozinho pelo inferno, mesmo um passo sequer, seria o mesmo que perder todas as esperanças.

O mortal assentiu enquanto a criatura abria a porta do bar e a fechava atrás de si. Não tentou espiar, muito menos pensou em ignorar os avisos. Horrorizado, ficou de costas para o imóvel e se encostou à parede. Agachou e observou os diabretes

14

voarem pelo céu em uma fenomenal algazarra. Algumas vezes as criaturinhas se esbarravam e caíam ao chão, mas parecia impossível que se machucassem, pois sempre se levantavam, trocavam alguns tapas e deixavam novamente o solo. O humano suspirou e levou a mão ao bolso, de onde tirou o envelope. Com os dedos trêmulos, decidiu ler a primeira carta. Rasgou o invólucro e pegou o papel dobrado, era uma folha pequena, parecia um bilhete. Notou de imediato que a data estava incompleta, havendo somente o dia e o mês. Também não viu nenhum nome dentre as palavras. Sem mais delongas, começou a ler.

17 DE NOVEMBRO,

Meu querido filho amado,

Confesso, por meio desta carta, minha saudade. Meu coração sempre dói quando lembro que você não está aqui. Ainda hoje, enquanto olhava para o balanço pendurado no pé de goiaba, recordei-me de uma época passada e feliz. Veio à minha memória a imagem de você, ainda menino, gangorreando para lá e para cá enquanto seu pai e eu conversávamos sobre o seu brilhante futuro. A memória, tão vívida quanto o presente, parecia açucarada como os bolinhos de chuva tão deliciosos que devoramos naquelas tardes frias de maio. Seu pai, ao notar que eu estava em prantos, disse o quanto eu era chorona. Mas eu teria culpa em quê? Lembrar a época em que estávamos todos juntos é tão emocionante!

Beijos, sua única e melhor mãe.

P.S. Caso demore a voltar e ao chegar aqui encontre somente meu esqueleto, significa que morri de saudades! Brincadeira, mas volte logo!

Por um momento, o mortal pensou que era o filho do tipo mesquinho e desnaturado. Refletiu por qual motivo deixaria os pais à espera, vivendo na angústia. Depois se perguntou se aquilo realmente era real. Talvez fosse somente mais uma das

O SILÊNCIO DO VENENO

artimanhas do diabo, seria plausível, afinal ele é conhecido pelas mentiras. Algo que reforçou a ideia de conspiração foi o fato de que não despertou memória alguma lendo aquilo. Não veio à mente dele a imagem de qualquer goiabeira com balanço, muito menos o cheiro de bolinhos de chuva ou os rostos de seus familiares. Caso essas cartas fossem um truque fajuto, realmente não passaram muita credibilidade.

Enquanto pensava a respeito do conteúdo daquelas letras, o homem notou alguém se aproximando pela rua. Como lhe fora aconselhado, permaneceu no mesmo lugar, mas não por obediência e sim por medo. Havia, na figura que a cada passo chegava mais perto, algo de intimidador. O mortal ficou boquiaberto quando pôde ver melhor. Era uma mulher, sobrenaturalmente alta, talvez três metros e meio. Braços grandes balançavam ao lado do corpo esguio, asas brancas cobertas pelas mais belas plumas estavam recolhidas em suas costas. Ela vestia uma toga de seda, azul como o oceano, o tecido apresentava ondas desnorteantes. O pobre coitado olhou o rosto dela e, por um segundo, acreditou estar no paraíso. Caso não fosse o tamanho descomunal, certamente cederia ao amor por aquela aparência. A pele de bronze, os lábios carnudos e o olhar felino. Linda ao nível estonteante. Ali, no inferno, perguntou-se o porquê de estar na presença de um anjo.

A beldade se aproximou ainda mais, encarou o mortal como se fosse um pouco mais do que lixo e apontou um dedo para seu rosto. O sujeito imóvel percebeu que o corpo todo tremia. Por instinto se encolheu, deixando os braços e pernas curvados à frente de si.

— Ótimo — ela disse, com a voz ríspida —, achei outro.

O homem reuniu coragem e a olhou de cima para baixo, reparando então na figura grotesca que engatinhava atrás dela. A mão esquerda daquela mulher trazia consigo o chumaço de cabelo branco que se ligava ao hóspede que o homem encontrou alguns minutos antes. O médico penitente era arrastado pela cabeleira, a cabeça dele sangrava enquanto chorava em desespero. As unhas do condenado se prendiam aos paralelepípedos, não ousando tocar a beldade alada. A boca do prisioneiro,

16

desdentada e imunda, balbuciava em silêncio. Ele parecia saber o que viria a seguir e sofria de medo pelo futuro que o aguardava. Assim como havia fugitivos naquele lugar, era plausível a presença de caçadores. A grande mão da mulher se abriu na direção do mortal ainda livre, que abriu a boca para gritar, mas nenhum apelo por salvação foi emitido. Acreditou que seria arrastado como o médico e, sem poder resistir, levado para algum lugar desumano. Quando sentiu o calor da palma da mulher, a porta do bar se abriu e uma voz familiar impediu a captura. O homem, em desespero, foi salvo pelo diabo.

— Este aí está comigo — alertou o rei das mentiras, e a mão que ameaçou a alma do humano se afastou. — Venha para dentro, precisamos conversar. — Ele se virou para o protegido. — Você também, pode entrar. Agora é seguro.

A anjo deu de ombros e, após o diabo ter entrado para o bar, ela também o fez, agachando-se para passar pelo portal. O médico continuou sendo puxado pela mulher, ele gemia a cada novo puxão e ao tropeçar na calçada, foi arrastado para o interior do local, aos gritos. O mortal, perplexo pela cena, ficou em pé e, ainda abalado, suspirou fundo antes de continuar. As pernas fraquejaram e, escorado na parede, precisou de um minuto para se recuperar por completo. Acreditando nunca ter sentido tamanho medo desde que chegou àquele lugar, reuniu as forças e cambaleou para a entrada. O temor, assim como os passos vacilantes, não era tão forte quanto o receio de deixar o diabo esperando.

* O BAR *

No interior do bar havia duas mesas agrupadas. Seis cadeiras e quatro delas já possuíam donos. Sentado no lugar de honra estava o diabo, ele olhava o convidado com certa impaciência. Ao lado direito dele, uma mulher baixa de grandes olhos azuis cintilantes e uma expressão de ansiedade, parte do cabelo azul encaracolado era coberto por um gorro com as cores formando um redemoinho. Ao lado esquerdo estava um homem velho de chapéu fedora, ele segurava com a boca um charuto branco. Ao lado do homem, uma idosa que, com olhar esperançoso, esboçava um sorriso gentil acima do agasalho de tricô. A anjo

O SILÊNCIO DO VENENO

estava afastada, no canto, sentada sobre as costas do médico de quatro. Com aquele tamanho anormal, dificilmente ela conseguiria se sentar à mesa apertada.

— Convoquei esta assembleia com a intenção de chegarmos a um acordo — disse o diabo, fazendo sinal para que o mortal se sentasse, o qual obedeceu. — Temos que discutir sobre o destino da alma desse novo inquilino. Trata-se de um caso bem peculiar.

— Samael! — falou a idosa, olhando para o humano sem piscar, o tom de voz oscilava entre algo reconfortante e assustador. — A meu ver, é peculiar o suficiente para ele ser julgado de forma diferente! O que está havendo? Não vejo culpa sobre os ombros dele!

— Sim, Baal — respondeu o rei do inferno —, este infeliz chegou ao inferno sem memórias.

— Não se lembrar das merdas que fez não faz com que elas desapareçam — disse a Anjo de pernas cruzadas, enquanto o médico se tremia todo —, caso contrário, não teríamos bêbados no inferno.

— Concordo! — apontou o homem com o charuto, fumaça escorria pelos cantos de sua boca enquanto a voz rouca causava aflição ao humano. — Amnésia não é absolvição, isso não anula pecado algum!

— Azazel, Zebub — o diabo se debruçou sobre a mesa —, agradeço a contribuição de vocês. E você, Leviatã... tem algo a nos dizer?

— Eu acho — a mulher de gorro começou, insegura, luz azul emanava de seu olhar — que não é tão simples assim. Caso contrário, Samael, você não teria convocado essa reunião. Acredito que, das formas que as coisas são feitas aqui, o problema seria complexo de se resolver. Não quero tomar o tempo de vocês, então não vou divagar muito, mas resumindo bem o que pensei desde que vi este pobre coitado entrar aqui, foi que seria difícil ele sofrer e se arrepender por algo que não se lembra de ter feito. Como todos sabem, antes tínhamos inquilinos por

18

toda a eternidade, mas agora eles sofrem o suficiente para se arrependerem dos pecados e depois vão para a reencarnação. Mas como ele não se lembra de coisa alguma, como saberemos se a penitência surtiu efeito?

— Podemos usar suas aranhas nele — disse Baal, a idosa, ainda olhando para o homem. — Elas podem mostrar a ele a vida sem escrúpulos que levou até então. Talvez esse traste se lembre de algo. É assim que fazemos com os bêbados!

— Não sei se funcionaria — respondeu Leviatã, abaixando os olhos cintilantes. — Elas puxam as memórias das pessoas, como nesse caso há uma espécie de bloqueio, talvez possa até destruir o que restou da alma dele.

— Nosso trabalho é reciclagem — disse Samael, com tom de convicção —, não destruição. Pelo menos depois que dividimos o inferno entre nós cinco.

— E destruir uma alma, por mais podre que seja, sempre dá problema. — O homem do chapéu moveu o charuto de um lado da boca para o outro. — E agora, pensando bem, concordo com Leviatã, castigar assim sem ele saber o motivo não vai levar a lugar nenhum e estamos sofrendo com a superlotação. Não gostaria que tivéssemos hóspedes que ficassem mais tempo que o necessário.

— Ainda mais agora que as penalidades são ajustadas conforme a capacidade de se arrepender e aprender! — Leviatã parecia animada, esperançosa. — Ele não me parece tão podre! Tenho certeza de que vai aprender a lição rapidinho, quem sabe em um século ou dois, no máximo!

— Leviatã, você sonha demais — disse Azazel, acariciando a cabeça do médico, o qual deixou escapar um gemido de horror. — Ainda acho que esse verme aí deveria ser trancado numa cela com uma aranha. Por mim, podem jogar a chave fora. Problema resolvido.

— É uma opção — concordou o diabo, prevendo que aquilo poderia acabar muito mal. — Mais alguém tem outra sugestão além do que foi dito aqui?

O SILÊNCIO DO VENENO

— Podemos fazer esse vagabundo sofrer três décadas na mão de cada líder aqui — respondeu Zebub, fumaça saía pelas narinas —, depois disso mandamos ele para fora. Acho que, devido aos pecados dele, aprenderia de uma forma ou de outra.

— Ainda não é garantia de dar certo — Baal, a idosa, o enfrentou, sem tirar os olhos do humano e ainda sem piscar —, ele poderia sofrer demais, o que seria ruim para a gente, ou sofrer de menos, o que seria ruim para ele.

— Pelo que conheço de nosso antigo rei, acredito que já tem algo sendo feito para que ele recupere a memória, certo? — questionou Leviatã, com certa compaixão na voz.

— Ele tem cartas acumuladas dos pais — Samael respondeu, ajeitando-se na cadeira, o comentário pareceu incomodá- -lo. — Os diabetes estão trazendo uma de cada vez. Acredito que vá ajudar.

— Então ele precisa de tempo. — Leviatã sorriu, tímida.

— E o que esse imprestável vai fazer durante esse "tempo"? — Azazel, a anjo, resmungou impaciente.

— Talvez ele possa trabalhar. — Leviatã levou a mão ao rosto, escondendo um sorriso. — Ele pode trabalhar para mim! Estou precisando de ajuda.

Houve um momento de silêncio, os seres sobrenaturais compartilharam olhares. Talvez uma batalha mental estivesse se desenrolando naquele momento, cada um traçando as próprias reflexões sobre as consequências daquela ação.

— Quem é a favor dessa alma ficar sob os cuidados e prestar serviço à Leviatã, levante a mão — o diabo disse, erguendo o braço esquerdo, ele foi seguido pelos demais, a decisão foi unânime. — Estamos decididos, então. Até que recupere as lembranças do que fez para merecer estar aqui, o pecador presente irá trabalhar como…

— Mantenedor de sofrimentos! — Leviatã respondeu, abaixando o gorro sobre o rosto até esconder o sorriso.

— Que assim seja — disseram os demais.

— Amém! — o diabo falou, encarando o mortal com imenso descaso.

Naquele momento, enquanto a mente do humano ainda tentava prever os movimentos do destino, a moça se levantou da mesa e posicionou o gorro novamente na cabeça. O grande sorriso se formou abaixo daqueles olhos brilhantes. Ela tinha baixa estatura, talvez um metro e meio no máximo, mas assim que se aproximou, o mortal sentiu como Leviatã se engrandeceu. Vestia roupas aparentemente velhas e confortáveis. A camisa era grande e folgada, branca com a estampa de uma cobra rosa em posição de ataque, a saia cobria até os joelhos e o tecido azul se assemelhava ao tom dos cabelos. Ela caminhou até parar ao lado do humano e, com um singelo aceno, fez sinal para que fosse seguida.

— Vamos, cachorrinho — ela disse, sorridente.

O sujeito olhou para Samael e ele acenou com a cabeça, como se desse permissão. Sentindo-se desamparado e inseguro sobre o que fazer, o homem se levantou e seguiu Leviatã em direção à saída do bar. Antes de atravessar a porta, virou o rosto e, já se arrependendo por ter feito isso, deparou-se com todos os que ficaram para trás o encarando com desdém. Desviou novamente a atenção para o lado de fora e, ao cruzar a porta, foi recebido por uma rajada de poeira. O homem passou as mãos sobre os olhos e viu o chão de terra, os paralelepípedos desapareceram por completo, deixando para trás a terra batida digna de uma comunidade rural.

— Aqui, cachorrinho! — Leviatã gritou.

O humano a procurou com o olhar e tentou manter a calma ao ver o esqueleto de cavalo ali parado, em pé, encarando-o como se fosse a próxima refeição. Preso ao animal, imponente, havia a carruagem negra, majestosa e lustrosa. No interior do veículo, coberta pela penumbra, Leviatã estava sentada. Não se via nada de seu rosto a não ser os olhos brilhantes como estrelas. Com cautela, o mortal se aproximou da carruagem e, quando pisou no apoio para subir, viu diabretes brigando pelas

O SILÊNCIO DO VENENO

rédeas. Aquelas criaturas lhe serviriam como cocheiros. Ainda sentindo receio por toda aquela situação fantasiosa, o sujeito sentou-se ao lado da jovem e fechou a porta.

Não demorou muito para se locomoverem, mas, do lado de fora, não se encontrava mais o bar de onde saíram. Naquela rua, ainda deserta, via-se somente a poeira rodopiar enquanto o esqueleto do cavalo os levava para algum lugar profano.

CAPÍTULO II A MUI CARIDOSA

POIS POBRES PALAVRAS CARIDOSAS NÃO OFERECEM
CONFORTO ALGUM.

A CAMINHO DA LABUTA

Daqueles seres que o homem encontrou no bar, Leviatã era a mais jovial. A aparência pertencia a alguém que deixou a adolescência para trás há poucos anos. Não seria certo dizer em que momento a mudança ocorreu, mas quando o mortal se virou para o lado notou que a donzela trajava roupas diferentes. Usava um vestido azul-marinho e luvas, assemelhava-se às damas burguesas do início do século dezenove. O gorro foi substituído por um chapéu de cores semelhantes. Naquela carruagem, com tal companhia tão elegante, o humano se sentiu uma pessoa importante e bem sofisticada.

O veículo, seguindo por um solo irregular e truculento, causou náuseas ao mortal, o qual precisou reunir forças para lidar com a situação. Caso contrário, daria um vexame na frente da moça que o acompanhava. Tal comportamento, dadas as circunstâncias, era inaceitável!

A carruagem entrou em um túnel, tudo ao redor do veículo escureceu de forma abrupta. Teriam ficado imersos em completo breu se não fossem os olhos de Leviatã, os quais brilhavam de forma ininterrupta, como duas estrelas que nunca oscilavam. Aquelas pupilas pareciam lanternas iluminando o interior da cabine. Por instinto, o humano decidiu não olhar diretamente para a fonte da luz incandescente. Naquele momento, ele temeu que sua alma pudesse ser subjugada por aquela iluminação sobrenatural.

O SILÊNCIO DO VENENO

— Cachorrinho — Leviatã, observando o breu pela janela da carruagem, estalava as juntas dos dedos, um por um —, viu como ele ficou todo amuado? — Ela disfarçava um sorriso. — Quando eu disse que ele não era mais o rei, o bichinho até encolheu os ombros. Ah, eu adoro provocar o Samael, ele sempre se sente péssimo! Nunca vou esquecer o dia em que o império dele se desfez. Baal, Zebub, Azazel e eu assumimos grande parte do inferno. Ainda fomos muito bonzinhos em deixar o diabo ter algo a que governar. Não sou de me gabar, mas isso aqui nunca funcionou tão bem! Foi o que me deu um ânimo, sabe? Ter algo meu para comandar, acredito que se tivesse que obedecer àquele filhinho de papai por mais uma era, arrancaria minha própria cabeça! Falando nisso, abaixo do banco há uma pequena caixa. Pode pegar para mim, fazendo favor?

O mortal, estranhando a confissão, acenou com a cabeça e curvou o corpo. Com a escuridão seria impossível procurar com o olhar, então recorreu ao tato. As mãos vagaram por baixo do assento e, enquanto sentia como aquele lugar era frio, os dedos tocaram algo de aspecto poroso. Com cuidado, puxou o recipiente para fora. Era leve e pequeno, do tamanho de um sapato, de formato quase retangular, sem muita simetria. O homem ergueu o objeto. Antes que pudesse endireitar a postura, sentiu que a caixa subitamente ficou pesada, causando-lhe um susto. As luzes provindas das órbitas de Leviatã iluminaram os punhos do homem, revelando a pequena mão feminina sobre a caixa.

— Não aproxime isso do rosto — Leviatã o repreendeu, tomando o recipiente das mãos do novo funcionário.

Naquele bar, o tom da moça era jovial, por vezes tímido e cauteloso, mas de forma repentina amadureceu. Aquele semblante e o tom de voz, dignos de alguém muito sério, trouxeram-lhe um novo charme. O mortal se sentiu admirado por aquela maneira de se portar. Pegou-se encarando o contorno do rosto da companhia e, envergonhado, voltou sua atenção para a janela oposta. A carruagem deixou o túnel e a luz exterior invadiu o veículo. Não marcou quanto tempo ficaram no escuro, talvez alguns longos minutos, tanto que os olhos do homem demoraram a se acostumar à claridade intensa provinda pelo céu alaranjado.

— Como anoitece e amanhece rápido nesse lugar — comentou a moça, alisando a caixa branca, que o humano temeu ser de ossos, junto ao colo. — Anime-se, cachorrinho. Já chegamos.

Assim que ela disse a última palavra, a carruagem parou de súbito. O protegido encarou a janela ao lado da moça e viu o deserto que os cercava. O mesmo céu alaranjado cobria aquela imensidão, diabretes sobrevoavam a areia, mas, da mesma forma que a visão desoladora, as criaturas aparentavam ser infinitas. O rosto do mortal se virou para a outra janela e ele se deparou com as colossais ruínas de um castelo medieval. Mesmo destruído, representava a sombra de algo magnífico que já esteve erguido durante eras. Contemplou aquela cena com certa admiração. Ficou impressionado ao ver as pedras queimadas e torres demolidas. Perguntou-se como seria aquele lugar em tempos passados, quando o deserto ainda possuía vida e o castelo, paredes erguidas.

Enquanto vagava por pensamentos sonhadores, o mortal recebeu pancadas leves na canela. Abaixou a cabeça, em busca do que lhe magoava. Próximo aos pés do homem, havia uma criatura medíocre em aparência. Olhos vagos, dentes tortos e maxilar proeminente, o cabelo possuía a cor de ébano com manchas brancas e estava ensopado, escorrendo pelo rosto. A pele era cinza como uma nuvem carregada. As costas eram curvadas, com caroços proeminentes e de aparência horripilante. Tratava-se de um lacaio caricato, era baixo e torno, mancava e a cabeça inclinava para o lado quando se locomovia. Vestia roupas surradas e com remendos. Erguendo o pulso, ele sinalizou para que o mortal olhasse para o céu. O novo hóspede das ruínas percebeu que os golpes que levou não foram nada mais do que uma tentativa, pouco sutil, de chamar a atenção para algo que se aproximava. Seguiu a direção do olhar da criatura e, antes que pudesse se proteger, recebeu uma entrega cômica. O envelope lhe acertou em cheio no rosto, o reflexo o fez capaz de segurar a carta antes que ela caísse ao chão, o que arrancou risadas do diabrete que a arremessou. Afastado pelos resmungos do corcunda, a criaturinha voou para longe.

O humano encarou o invólucro. Ao ouvir os passos sobre o cascalho, dobrou e guardou a correspondência no bolso. Leviatã se aproximou, caminhando graciosamente. Ela veio em direção ao mortal e o tomou pelo braço. A criatura corcunda foi bamboleando em direção às ruínas. O casal seguiu o subalterno. O novo hóspede caminhou com as pernas trêmulas no início, a sensação de ter a mão de Leviatã sobre si realmente não foi agradável. Poucas vezes, desde o momento que chegou naquele lugar, sentiu tamanho desconforto. Talvez uma mistura de vergonha e aflição, mas decidiu que seria melhor deixar as coisas seguirem como deveriam, ainda mais que o pobre condenado já não possuía o controle da própria vida. Aquelas pessoas traçaram o futuro do humano sem a sua permissão. Quando o assunto foi decidir um destino cruel, realmente ele nunca teve a chance de opinar.

O corcunda parou de repente. Agachou-se e remexeu a terra, retirou uma corrente entre a poeira e a puxou com força. Um estalo rompeu o silêncio, seguido de um singelo tremor. O alçapão se abriu e o servo recuou, liberando passagem para o casal. O mortal sentiu o aperto dos dedos de Leviatã em volta de seu braço, o que o motivou a caminhar e a conduzi-la até a entrada. Ela não se conteve, tampouco impediu o avanço, manteve o olhar brilhante, fixo na escada que seguia para a escuridão. Caminharam de forma casual, sem pressa, até a entrada daquele lugar e deram início à descida pelas escadas. Antes que o homem ficasse imerso por completo pelo nível do terreno, deu uma boa olhada no deserto, mas não viu nada além de ruínas, areia e diabretes.

* DOMÍNIO DAS FORTUNAS *

Após alguns degraus, o mortal ouviu o ritmo estranho dos passos do criado, seguido do estrondoso barulho do alçapão se fechando. Ficaram envolvidos pela penumbra antes de serem abraçados pela profunda escuridão, a qual seria completa caso não fossem os olhos da criatura feminina. Desceram até os confins daquele lugar. Não se soube quanto tempo demorou para chegarem ao final, mas quando o humano deixou os degraus, as pernas latejavam. Leviatã se manteve estável durante todo o percurso, ficou em silêncio, absorta em pensamentos.

Não recuou, diminuiu o ritmo ou acelerou. Ela parou de súbito, parecia mais alta, deixando o serviçal tomar a dianteira. Manteve o mortal ao lado, o qual estava um pouco apreensivo, mas não tencionava recuar ou fugir.

O humano refletiu sobre o próprio futuro, se a mulher lhe daria afazeres, e isso o deixou aliviado no início. Visto o lugar onde se encontrava, ser a mão que bate em vez do rosto que leva o tapa não seria de todo ruim. O criado mancou até algo parecido com um balde de ferro, de onde tirou um pedaço de madeira e, com a maestria invejável, acendeu o fogo em um estalar de dedos. A chama iluminou o subsolo do castelo arruinado. Tratava-se de um corredor largo, aparentemente sem fim. Portas de ferro, a cada três ou quatro metros, eram comuns de ambos os lados. A masmorra do castelo, um lugar profano, era utilizado para fins de tortura e aprisionamento. Imaginando toda a agonia que poderia presenciar, o mortal demonstrou sinais de apreensão.

— Cachorrinho — Leviatã quebrou o silêncio enquanto caminhavam ao longo do corredor —, fico feliz que esteja aqui, eu realmente precisava de ajuda e acredito que você será indispensável para meus planos. Caiu feito uma luva! Tenho grandes expectativas, enormes na verdade! Mas antes da labuta, o descanso é necessário. Ah, verdade, tudo aqui é novo para você. Deve ter percebido como sua alma ainda consegue se cansar e sentir dor. Respirar só se faz quando se lembra de fazer mesmo, mas pode suspirar de admiração por minha beleza sempre que me vir, eu não ligo. Olhe para seu rosto, ficou vermelho de vergonha! Que fofo esse meu mascote. — Ela levou a mão livre ao queixo, sorrindo. — Mesmo assim, precisa recuperar suas forças, vou precisar de sua alma no auge! Veja só. Chegamos aos seus aposentos, vou esperar aqui até que descanse, durma um pouco, fará muito bem.

O criado se adiantou e destrancou a fechadura mais próxima. Não havia diferença entre àquela e as outras, causando certo receio ao humano, que temeu ser jogado e esquecido em uma cela comum. A porta se abriu, rangendo pesadamente, sem revelar nada a não ser mais escuridão no interior da prisão. Com medo, ele permaneceu ao lado de Leviatã, a qual ainda

O SILÊNCIO DO VENENO

o segurava, enquanto o serviçal adentrava o quarto e acendia as velas com a tocha. A criatura saiu mancando e aguardou ao lado da mestra. O humano sentiu os dedos, até então firmes, afrouxarem o aperto aos poucos até liberá-lo por completo.

— Pode entrar! — ela disse. — Fique à vontade. Só recomendo que olhe se há algo debaixo da cama antes de se deitar, nunca se sabe...

Engoliu a pouca saliva que tinha na boca e entrou na cela. Antes que pudesse olhar para trás, a porta se fechou de repente. Pela fresta na parte debaixo, ainda era possível ver uma sombra imóvel que emanava do outro lado. Por algum motivo, o hóspede sentiu que a presença dela ali causava certa tranquilidade, imaginou ser Leviatã, atenta a qualquer chamado. Era mais um indício de que ele não seria esquecido de forma tão banal.

Sozinho no cômodo, olhou em volta antes de pegar a vela sobre o pires. Começou a investigar. O quarto era pequeno e pouco aconchegante. Não havia janelas, o que já era de se esperar, afinal estava no subsolo. A cama de viúvo, localizada na parede mais próxima da entrada, estava sem lençol e travesseiro, havia somente o colchão. No canto mais afastado havia o balde, por sorte estava vazio. Ao lado da porta estava a pequena mesa de madeira com a única cadeira. A escrivaninha ocupava boa parte do quarto, possuía somente uma gaveta, com a maçaneta quebrada. Sentou-se na cadeira, para então perceber que era manca, abriu a gaveta e se deparou com folhas de papel, pedaços de carvão, abridor de cartas e um isqueiro de metal. Passou a mão pela perna e sentiu o envelope no interior do bolso, olhou para a porta novamente e o vulto continuava ali, completamente imóvel. Com certo receio, retirou a carta e a abriu. Aproximou o papel da chama e começou a ler o conteúdo.

18 DE NOVEMBRO,

Prezado filho,

Desculpe incomodá-lo, mas gostaria de uma resposta sua o quanto antes. Novamente encontrei sua mãe chorando no quintal enquanto olhava o balan-

30

ço. Estou preocupado com tanto sentimentalismo. Na noite passada ela não dormiu, tentei fazer companhia a ela, mas o sono me venceu. Quando acordei, nesta manhã, a mesa da cozinha possuía centenas de bolinhos de chuva. Eu a questionei sobre o ocorrido, alegando o óbvio desperdício, mas ela disse que era tudo para você. Sua mãe ainda afirmou que você estava voltando para casa e que queria fazer uma surpresa. A noite chegou, você não veio, mas os bolinhos continuam sobre a mesa, ela não me deixou tocar em nenhum. Novamente, desculpe incomodá-lo, mas volte logo, ou ao menos responda as cartas de sua mãe. Estou preocupado.

Um abraço, seu pai.

Novamente, nenhuma lembrança foi despertada. O que reforçava a teoria de que aquelas cartas seriam de estranhos, não dos verdadeiros pais. Nada naquelas palavras fez com que ele se recordasse de uma casa, rostos ou qualquer outro detalhe marcante que teve em vida. O mortal pensou que, naquele momento, só lhe restavam as memórias que reuniu em morte. Reclinou-se sobre a cadeira e ela ameaçou ceder, como reflexo ao pensar que iria cair, agarrou-se à mesa e impediu a própria queda. Guardou os envelopes que possuía na gaveta e olhou para a porta, o vulto teimava em estar ali. A segurança causada pela presença de Leviatã facilmente se tornou um incômodo. Resolveu se deitar um pouco e descansar, não sem antes confirmar se havia algo embaixo do móvel.

O colchão era desconfortável e malcheiroso, mas visto o imenso cansaço sobre seu corpo, veio bem a calhar. Repousou mesmo sem travesseiro, olhando as sombras que a luz da vela provocava. Vez ou outra ele olhava para a porta, mas não importava quantas vezes o fizesse, o vulto daquela criatura continuava ali, imóvel, em insistente vigília.

Após cerca de uma hora, com os olhos fechados, imóvel e quieto, percebeu que não conseguiria dormir de maneira alguma. Sentou-se sobre a cama e recolheu os joelhos, olhou novamente para a porta e, como era de se esperar, a sombra não havia abandonado o posto. De repente sentiu um incômodo sobre o pé, algo estava se arrastando pelo calcanhar, algo frio e escamoso. Tomado pelo medo, saltou da cama e pulou em direção à vela, mas antes que ele pudesse tocar a cera, a chama se apagou. Tentou gritar, mas nada passou pela garganta além de dor. Correu direto para a porta, mas ela estava trancada. Bateu no metal, mas do outro lado a sombra nem se mexeu. Lembrou-se do isqueiro na gaveta e tateou à sua procura. Na escuridão, o sibilar angustiante, digno de serpentes, deixava o ambiente perturbador. O barulho somente o deixou ainda mais apreensivo.

Enquanto as mãos trêmulas remexiam papéis e carvão, sentiu o toque da morte sobre os pés. Abriu a boca para gritar, mas novamente nenhum som saiu. Outra vez veio a dor angustiante na garganta, talvez ainda causada por algum efeito colateral daquela bebida que tomou com o diabo.

Sofrendo em silêncio, sentiu os pedaços de carvão entre os dedos, esperando encontrar o isqueiro antes das presas do que se arrastava no chão lhe encontrarem a perna. As escamas começaram a abraçar o tornozelo, tirou as mãos da gaveta e, com um pulo, subiu na mesa. A única luz que havia no quarto era o feixe que adentrava por debaixo da porta, de forma parcial, pois a sombra ainda era visível. Deste modo, o máximo que conseguia enxergar era o contorno do réptil, vez ou outra conseguia ver a coisa serpentear pelo chão para em seguida perder novamente de vista. A mesa rangeu e o homem imaginou que, caso fizesse qualquer movimento brusco, ela quebraria.

A ideia inicial era acender a luz, mas como não conseguiu encontrar o isqueiro, ou pedir ajuda, tentou outra vez a fuga como salvação. Se agachou sobre a mesa, inclinou-se em direção à porta e socou o metal. Esmurrou como louco, mas nada veio intervir por sua segurança. Os olhos, talvez impulsionados pelo medo, adaptaram-se à escuridão a tal ponto que ele conseguiu enxergar com mais nitidez a forma no escuro. Alcançou a cadeira e, após verificar que nada a havia escalado, a puxou para perto. Pretendia usar o assento como arma contra a criatura. Já que não conseguiu fugir ou pedir ajuda, a melhor chance seria o ataque. Perdeu todas as esperanças quando olhou bem para o contorno que serpenteava, notando que não se tratava de uma serpente, mas sim de várias. Dezenas, talvez centenas! Todas amontoadas, se entrelaçando e sibilando pelo chão e sobre a cama daquela cela medonha. Não havia janelas, a única porta estava trancada, a esperança era sobreviver até alguém vir à sua procura.

Temeu ter sido abandonado ali, talvez como uma forma de penitência por seus pecados. Imaginou se em vida sofrera fobia de cobras e esse seria o castigo perfeito, o qual estaria destinado a passar por toda a eternidade: trancado em uma cela escura com mil serpentes. Soltou a cadeira, acreditando que a superfície cederia caso tentasse algum golpe. O humano pensou em rezar pela própria salvação. Assim que juntou as mãos em direção ao céu, a mesa rangeu, acreditou que ela fosse quebrar a qualquer momento. O medo o deixou incapaz de se lembrar do nome de qualquer divindade. Ele separou as mãos e as posicionou sobre a mesa, tentando ao máximo se equilibrar.

Suspirou, buscando por uma calma que já não lhe pertencia, precisava pensar e rápido no que fazer para não cair ao chão junto às cobras. Voltar para a cama estava fora de hipótese, os bichos estavam lá também. Pensou em pular para a porta, mas certamente cairia sobre as criaturas aterrorizantes. Com muita cautela, após outro ranger da mesa, distribuiu o peso para a cadeira colocando um dos pés. O assento manco não o deixou mais confiante, mas talvez lhe desse algum tempo para planejar. Com os dois pés sobre o assento, voltou a remexer a gaveta, por todo o quarto o sibilar das cobras soava como uma sentença de dor extrema e parecia se aproximar.

A sombra estática não dava qualquer sinal de que faria algo. O humano pensou que a anfitriã não o ouvira ou se, de alguma forma, havia orquestrado aquela situação. O humano começou a jogar os papéis para o chão e os pedaços de carvão ele arremessava contra a porta, em uma medida desesperada de chamar por ajuda. Pensou em voltar todo o corpo para a mesa e arremessar a cadeira contra a porta, mas desistiu ao lembrar que seus murros não tiveram sucesso. Sentiu novamente as escamas sobre os pés. Elas haviam subido na cadeira! O mortal

O SILÊNCIO DO VENENO

pulou de volta para a mesa, mas o móvel se quebrou assim que recebeu todo o seu peso. O hóspede foi ao chão e gemeu de dor. Sentiu dores agudas por toda a pele e torceu para serem farpas e não picadas. Ficou encolhido em posição fetal, com os braços protegendo a cabeça, enquanto sentia as serpentes o escalando.

As criaturas se arrastavam por cima das pernas e ombros. Angustiado, o homem tentou proteger o pescoço com o braço, mas não sabia se adiantaria de algo, a esperança se desfazia feito sal em água.

Sofrendo, conheceu o verdadeiro desespero ao notar que já não via mais a luz que passava pela fresta da porta. As criaturas haviam coberto a cabeça do mortal por completo! Sentiu lágrimas escorrerem entre a pele e as escamas, pensou estar perdido e a qualquer momento, pressentia, desencadearia uma sessão mortal de picadas venenosas.

Aos prantos, com espasmos, mentalmente implorava por ajuda.

Em um dos movimentos involuntários, quando recuou um pouco com a cabeça para trás, sentiu uma peça de metal contra a nuca. O isqueiro! Agora precisava pegar o que poderia salvar a própria vida, mas a cada movimento que fazia, sentia a agitação das cobras, a dor eterna iminente. Conseguiu mover o braço que estava por baixo do corpo o suficiente para os dedos alcançarem o objeto. Com certa dificuldade conseguiu segurar, girar no interior do punho e o posicionar de forma que conseguisse acender o fogo. Com o polegar ele afastou a tampa, sentiu o pavio e, com a respiração ainda presa, girou a roda de pedra. Nada aconteceu. Pensou então que não havia mais líquido inflamável, mas tentou novamente e a faísca veio, para então desgraçar tudo de uma vez.

O clarão foi fraco, assim como o barulho, mas atiçou as cobras de uma forma que sentiu as primeiras picadas na mão que segurava o isqueiro. Ele se encolheu ainda mais, mantendo a única salvação próxima à nuca. Rangeu os dentes e puxou novamente a pedra, novas faíscas e novas picadas. Chorou e continuou tentando, gritaria se pudesse, mas som algum deixava-lhe a boca. Naquele momento de escuridão, ainda acreditava que a pequena chama poderia salvá-lo. Esperneou enquanto era afligido pelas picadas, o peso dos répteis lhe cobria o corpo, ele não conseguia se levantar.

Finalmente, a chama surgiu! Como se não houvesse dor o suficiente naquele lugar, a pequena labareda lambeu o cabelo do humano. O fogo se espalhou, o cheiro era estranho e a dor parecia aumentar a cada segundo. A cabeça inteira parecia estar consumida pelas chamas, ele lutou para se manter em pé, abriu a boca e mordeu uma das cobras, sentiu sangue frio lhe tocar a língua. Ele tentou usar o isqueiro aceso para afastar as pragas, mas de repente sentiu o corpo leve, a dor havia passado e os cabelos estavam intactos. Abriu os olhos, ainda marejados, e viu somente a porta aberta com Leviatã o encarando.

Agora o quarto estava melhor iluminado, a claridade que entrou pela porta ofuscou a pequena chama na mão trêmula do sujeito, deixando assim o isqueiro inútil. Incrédulo, ele passou a mão pela cabeça, mas não havia queimaduras. Pelos braços não havia sinais de picadas, muito menos de cobras pelo quarto. A dor, assim como o desespero, desapareceu como se nunca tivesse sido real, mas deixou para trás as lágrimas. O humano imaginou se, logo no primeiro momento sozinho, havia enlouquecido.

— Cachorrinho — Leviatã disse, esboçando um sorriso malicioso —, você está bem? Mal o deixei sozinho aqui na cela, ouvi uns ruídos estranhos e... ah! Você quebrou a escrivaninha? O que aprontou? Subiu nela? Ah, que cachorro malcomportado! — Ela se aproximou, intimidadora, sua expressão se tornou severa, mas de súbito recuou, voltando o semblante da moça encantadora. — Desculpe, acho que o trabalho anda me estressando bastante, mas como disse, agora tenho ajuda e tudo deve melhorar. Venha! O jantar está pronto.

Ao dizer a última palavra, notando a inatividade do sujeito, Leviatã adentrou o quarto. Agachou-se, e os rostos de ambos nunca estiveram tão próximos como naquele momento. O mortal sentiu o perfume dos cabelos da mulher. O aroma adocicado, longe de ser enjoativo, baixou-lhe a guarda. Já a an-

O SILÊNCIO DO VENENO

fitriã, sem nenhum traço de receio nos olhos brilhantes, tocou o braço do hóspede, o qual sofreu de um calafrio no mesmo instante. O mortal notou como a pele dela era macia e o toque, ao contrário de todos os demais, foi gentil e reconfortante.

— Deixei meu cachorrinho sozinho durante um segundo e ele quase morreu de medo... — O sorriso, maroto, deixou o homem envergonhado.

O mortal, ainda perplexo, imaginou novamente se estava ficando louco. A anfitriã disse que o deixou sozinho por um instante, mas foram por horas! E durante todo o ocorrido o homem viu a sombra dela pela fresta da porta! Talvez, de alguma forma sobrenatural, Leviatã tenha causado aquela alucinação diabólica. Pensando o quanto deveria ser cauteloso com aquela criatura e, ao mesmo instante, cedendo aos encantos, o hóspede observou a dama se levantar. Também ficou de pé, olhou novamente para o interior da cela e confirmou que não havia serpente nenhuma ali. Apagou o isqueiro e o deixou sobre a cama, suspirando fundo antes de sair daquele quarto do inferno.

* SALA DE JANTAR *

Voltando ao corredor, Leviatã estava à espera de seu novo subordinado. Aparentando um olhar gentil, ela o segurou outra vez pelo braço e caminharam assim. Tendo a impressão de que voltariam pelo mesmo caminho pelo qual chegaram à cela, o humano seguiu apreensivo. Desta vez, no final do corredor, havia o grande salão de festas. O local era enorme, talvez maior que centenas de quartos como o dele. Dezenas de tochas o iluminavam do começo ao fim e, por toda a extensão, havia portas de ferro. Desconfiado de que eram alcovas, o hóspede refletiu sobre o nível de sadismo daquelas criaturas. Seria um problema, para aqueles seres, conseguir realizar seus jantares ao som dos gemidos de seus condenados? Estranhou também que tal cômodo existisse dentro de uma masmorra, talvez tivesse sido adaptado em algum tipo de reforma, na qual sacrificaram algumas alocações para abrir espaço. O mantenedor se perguntou se ao menos realocaram os prisioneiros antes de demolir as celas.

O corcunda estava aguardando, segurando sobre o braço o pano de prato branco, visivelmente limpo. A mesa foi forrada por um lençol de renda, decorada com velas acesas, pratos e talheres. Uma grande travessa, com pedaços generosos de carne, estendia-se pelo centro da mesa. Enquanto puxava a cadeira para a dama, o mortal ouviu gritos de socorro trazidos pelo vento. Os demais presentes não deram sinais de se importar com o barulho. Temeroso, ele se sentou ao lado de Leviatã, a qual parecia estar encantada pelo cheiro do alimento. Os olhos cintilantes brilhavam ainda mais enquanto o criado amontoava os cortes sobre o prato da dama. O próximo a ser servido foi o mortal, o qual notou que Leviatã recebeu dois pedaços de carne, mas o corcunda lhe serviu apenas um. Não reclamou ou solicitou mais fatias, somente abaixou a cabeça e aguardou o início do jantar.

O servo, em vez de se sentar à mesa, afastou-se mancando e permaneceu em pé próximo a uma porta de ferro. Novamente se ouviu um gemido, não se poderia distinguir se foi de dor ou imenso horror.

— Notei que desde que o conheci — Leviatã disse, despejando o molho sobre a carne — você não pronunciou uma palavra sequer. Suponho que tenha tomado silêncio. Aquela poção que parece água e o deixa incapaz de dizer algo por toda a eternidade. — Ela encarou o sujeito, aguardando a reação esperada de desespero. Contemplou os olhos de alguém horrorizado de ter ficado permanentemente mudo. — O mesmo ocorreu com o Santinho, coitado. Infelizmente não posso fazer nada para ajudá-lo. Não tenho esse poder, ninguém tem, na verdade. E gostaria muito de ouvir sua voz, confesso. Acredito que seria uma companhia valorosa, um amigo com quem dividir experiências e tristezas. Mesmo assim, daremos um jeito. Que pena que o silêncio é uma das torturas mais cruéis deste lugar.

Ela sorriu para o hóspede, esboçando dentes brancos, os belos caninos que se destacavam levemente. Olhando para o prato, pegou de forma delicada os talheres e cortou um pequeno pedaço. Galantemente, Leviatã espetou um pedaço e o ergueu. Encarou o corte por um momento e afastou o talher

O SILÊNCIO DO VENENO

rente ao rosto. Abriu o braço em direção ao mortal e lhe ofereceu o alimento. Envergonhado, o humano olhou para os lados, mas não recusou a gentileza. Abocanhou o pedaço de bom grado e se deleitou com o sabor.

— Que prendado! — ela disse, limpando os cantos da boca do novo funcionário com um lenço. — Minha saúde não anda muito bem, preciso de uma ajudinha para lidar com toda essa carne, obrigada por me ajudar. Eu lhe pediria para buscar meus remédios, mas como ainda é muito novo aqui, não recomendo que se afaste muito de mim. Há coisas escondidas na escuridão que, caso achem que não estou olhando, gostam de aprontar. Imagino que tenha sofrido um pouco em seu quarto, mas teria sido imensamente pior se eu não estivesse por perto. — A donzela notou o assombro e aparente arrependimento do convidado, deu um sorrisinho e passou uma mecha de cabelo esverdeado para trás da orelha. — Coma logo! Não deixe a comida esfriar!

O homem acenou com a cabeça e, com as mãos ainda trêmulas, segurou os talheres de metal com cabo de madeira. Cortou a carne macia e suculenta, levou o primeiro pequeno pedaço à boca e o mastigou com deleite. Adorou o sabor daquela comida, estava uma delícia! Cortou outro pedaço e depois outro, comeu como se fosse a primeira refeição em anos. Mal mastigava os pedaços que levava à boca. Assim que terminou o bife, notou o servo se aproximando, já com a intenção de lhe servir outro corte. Até aquele momento, não havia percebido o quanto estava faminto. A barriga roncava enquanto a carne era servida, a boca salivava e, assim que o alimento estava perto o suficiente, atacou como uma fera. O mortal não percebeu que abandonou o uso dos talheres e agarrou os bifes com as mãos. Quanto mais comia, mais fome sentia!

— Pare — disse Leviatã, entre risinhos. — Que é isso, cachorrinho?

Tamanha indelicadeza, perante uma donzela de alto patamar, deveria ser castigada. Compreendendo que estava errado, o homem se envergonhou. Abaixou a cabeça enquanto o prato com o que restou da carne permaneceu à sua frente, aquele cheiro... quase irresistível. O mortal fitou o resto do bife e lambeu os lábios. Sentiu a moça se aproximar e, com o mesmo lenço que lhe servia de guardanapo, começou a retirar as manchas de seu queixo. Com a visão periférica, viu a mão do servo tocar o prato e, em um movimento involuntário, agarrou aquele braço bruscamente. O corcunda o analisou e, em vez de medo no olhar, notou somente melancolia. Novamente envergonhado, ouvindo os risinhos de Leviatã, o hóspede soltou o braço do corcunda e ele levou o prato para longe.

A donzela não tocou mais no jantar, não foi servido mais nenhum bife e a mesa foi desfeita. A barriga do humano ainda roncava de fome, ele sentia uma forte vontade de correr atrás do servo e o obrigar a lhe servir mais daquele delicioso alimento, mas teve o receio de novamente envergonhar a dama ao lado. Permaneceu cabisbaixo até que Leviatã se levantou da mesa, ajeitou o vestido e se inclinou em sua direção.

— Vamos, cachorrinho? — ela perguntou, em um tom de voz amável. — Temos trabalho a fazer e somente você pode me ajudar!

De imediato ele se levantou e, após passar as mãos pelos bolsos, acenou em seguida. Se afastaram da mesa e, após poucos passos, algo assombrou o ambiente. O humano notou que o rosto rosado da dama empalideceu, ela curvou os ombros e tentou se escorar em algo. Não havia paredes próximas, móveis tampouco, então o hóspede se dispôs a lhe servir de apoio. Ela, reparando a preocupação no rosto do novo servo, retribuiu a gentileza com um sorriso envergonhado.

— Caixa — ela sibilou, enquanto era levada de volta à mesa.

Reparando em como Leviatã era leve, ele a sentou na cadeira enquanto olhava em volta. Então viu, para a própria surpresa, o servo sair de um cômodo com a caixa branca, a mesma que foi entregue à rainha do domínio na carroça. O criado arregalou os olhos quando o homem avançou feito louco e recuou um passo. Preocupado, o mantenedor de sofrimentos correu ao encontro da caixa e, tolerando o comportamento rude, o corcunda entregou o recipiente de bom grado. Aliviado, o sujeito voltou a passos largos para Leviatã e entregou o que lhe foi pe-

O SILÊNCIO DO VENENO

dido. Ela agradeceu com um aceno e, por um momento, aqueles olhos cintilantes brilharam mais avidamente. Com imenso cuidado, a donzela posicionou a caixa sobre a mesa, no local onde antes estava seu prato, a abriu com cautela e pequenas mãos tentaram escapar.

A caixa se abriu de supetão. Um diabrete escapuliu de seu interior, tentando voar para longe, mas a fuga não durou mais que um segundo. Com a agilidade sobre-humana, Leviatã o capturou no próprio ar e, antes que o mortal pudesse se admirar com a destreza, ela segurou a coisa com as duas mãos e a quebrou ao meio. Como se não fosse o cúmulo da violência, a donzela ainda começou a devorar a criaturinha, iniciando pelas asas. Ver tal mulher refinada cedendo a um ato de selvageria como aquele revirou o estômago do novo servo. Enquanto ela terminava a refeição, a cor lhe voltava ao rosto, assim como a respiração se normalizou. O homem tomou a liberdade de pegar um dos guardanapos e, retribuindo o favor, limpou as minúsculas manchas de sangue que ficaram por aquele queixo fino. Ela sorriu, e o sujeito se entregou aos encantos.

— Desculpe fazê-lo ver isso — Leviatã afastou a mão que a acolhia, com imensa gentileza —, mas prometo que lhe explicarei o motivo desse ato deplorável em breve. No momento temos mais coisas para fazer, vamos iniciar seu treinamento.

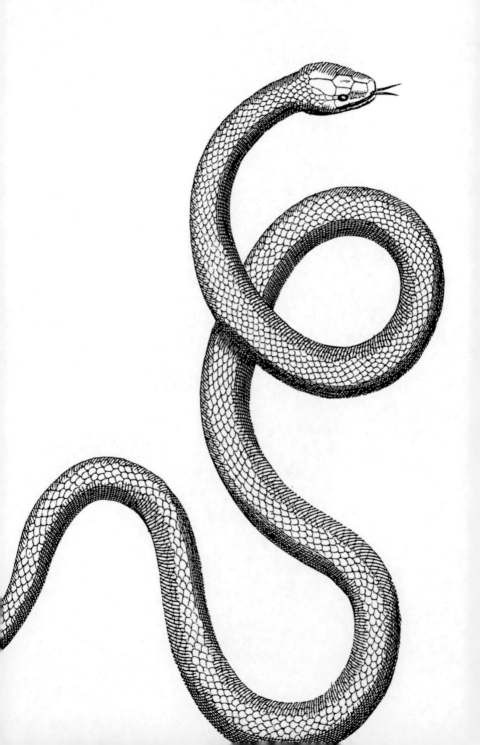

CAPÍTULO III O MUI AFORTUNADO

POIS A REAL FORTUNA É O ACÚMULO DOS RAROS
MOMENTOS DE FELICIDADE.

* DOMÍNIO DAS FORTUNAS *

O vento percorria aquele cenário árido, sem motivos além
de lhe açoitar o rosto. O mantenedor de sofrimentos, rodeado pelas ruínas do castelo, aguardava sentado em silêncio. Os
olhos escuros acompanhavam os diabretes que vagavam pelo
céu sob o ritmo caótico que, de alguma forma, lhe trouxe um
momento de boa distração. Entrelaçou os dedos de uma forma
insegura sobre os joelhos e suspirou. Ao que parecia, a quanti-
dade de criaturinhas caíra drasticamente, o que tornaria a missão do humano ainda mais difícil. A paciência o recompensou
assim que notou, pelo canto do olho, o pequeno vulto se aproximar. Levantou-se de imediato e se preparou, a ordem foi que
não voltasse de mãos abanando.

O homem cerrou os dentes, deixou a mão direita à frente
do corpo e a esquerda atrás, ocultando assim a armadilha da visão do alvo. Desavisado, o diabrete se aproximou o suficiente,
voando de forma desengonçada enquanto carregava o envelope. O mortal se adiantou e agilmente agarrou a pequena criatura, a qual não cedeu sem lutar. Quando percebeu que estava
sendo sequestrado, o bichinho chiou, mordeu e arranhou, cuspiu fogo e queimou o punho de seu inimigo, mas a motivação
do humano superou a mais terrível das chagas. Com imensa
dificuldade, o homem conseguiu colocar o diabrete no interior
da caixa branca e a fechar, aprisionando assim a bestinha. Ele
chorou de dor enquanto envolvia a mão machucada com um
lenço que ganhou de Leviatã. Decidindo que não demonstraria
fraqueza perante a donzela que o acolheu, suspirou fundo e
meteu a carta no bolso, a caixa posicionou entre o braço e o
corpo, e limpando as lágrimas, voltou para a escadaria da masmorra.

O SILÊNCIO DO VENENO

Encontrou o lacaio no último degrau das escadas. O semblante melancólico abaixo da luz da tocha tornava a cena incômoda para o hóspede, mas o homem ainda se sentia culpado pela forma como havia tratado o servo da rainha do domínio. Passou pela criatura corcunda e acenou, ambos seguiram pelo corredor em silêncio. O lacaio carregava a tocha, já o humano, segurou contra o peito a caixa branca como se fosse um tesouro. Após desconcertantes minutos, encontraram quem os aguardava. Leviatã se aproximou de forma nada cautelosa, exibia o belo sorriso lascivo e, com as mãos firmes, tomou para si o pequeno cativeiro. Aquele trio macabro voltou a percorrer o corredor, passando pelas portas de ferro sem dar atenção aos lamentos provindos das celas.

O cabelo, curto e rosa, balançava no ritmo dos passos. O vestido florido sacolejava com o vento que parecia somente existir ao redor do tecido. Ela estava deslumbrante e, talvez, mais bela que anteriormente. Os lábios se moviam ao passo que conversava com a dicção perfeita e gentil, que talvez humano algum pudesse alcançar. Sem perceber quando, o humano notou que a havia colocado em um pedestal. Primeiro foi a forma como se sentia seguro próximo a ela, depois o comportamento digno de um cachorro superprotetor, agora reparava em cada detalhe daquela mulher. Sem meios de confessar verbalmente, o mortal ainda se sentiu triste por aqueles olhos luminosos prestarem atenção somente na caixa e não na mão que ficou ferida para alcançar tal objetivo. Triste por não receber qualquer forma de reconhecimento pelo ato de bravura, o mantenedor de sofrimentos rapidamente se esqueceu da própria dor ao sentir os dedos da donzela lhe tocarem o braço.

Sem saber se aquele sentimento era afeto ou feitiço, surgiu a ideia de que passar os dias de condenação ao lado dela não seria, de forma alguma, algo pesaroso. Ele se lembrou de quando a donzela cedeu à enfermidade que lhe afligia; mas como a aparência dela melhorou drasticamente após se alimentar de um diabrete, qualquer sacrifício seria no mínimo aceitável. Tal visual, acrescido ao charme daquela criatura, inundou os pensamentos mais íntimos do mortal. O medo daquele calabouço começou a se dissipar, dando lugar ao desejo.

O corredor, iluminado pela tocha tímida e os pares de olhos ávidos, parecia realmente não ter fim. Caminharam por longos minutos até que, sem aviso prévio, chegaram à porta de ferro que era o alvo da donzela. O humano se perguntou como ela sabia a diferença, uma vez que todas as portas lhe pareciam iguais e não havia qualquer forma de distinção numérica. O servente se adiantou e destrancou a fechadura, usou as próprias forças para abrir a passagem e se afastou para que a dama pudesse adentrar o recinto.

A cela era pequena e irregular, talvez a forma se assemelhasse a um trapézio em vez do tradicional quadrado. Três das quatro paredes estavam completamente cobertas por vidros espelhados. Já o quarto lado do cômodo era ocupado por uma pessoa pendurada por retalhos. Suspenso a uns bons trinta centímetros do chão, a pessoa era mantida imóvel dentro daquela espécie de casulo. Os panos envolviam cada centímetro do corpo daquele ser, excluindo somente a cabeça. Pregos do tamanho de braços sustentavam o corpo enquanto os espelhos refletiam todo o ambiente imundo em que o prisioneiro era mantido.

O mortal, guiado pela donzela, aproximou-se daquele corpo pendurado e notou como a respiração do maldito era regular e pesada. Subiu os olhos e viu, para seu horror, que a cabeça daquela alma era envolvida por uma criatura macabra da cor de carne bovina. A coisa possuía dezenas de pernas, as quais envolviam e adentravam o couro cabeludo do prisioneiro. Sangue escorria fluentemente pelas incisões daquelas patas arqueadas, manchando assim os ombros cobertos pelo tecido. O corpo da criatura cobria toda a área facial do condenado e oscilava no mesmo ritmo da respiração de seu hospedeiro. De súbito, fendas espalhadas pelo corpo da criatura se abriram, revelando dezenas de olhos esverdeados, brilhantes como os de Leviatã, que vagavam por entre os inúmeros ângulos espelhados da cela. O prisioneiro, após a abertura dos olhos, convulsionou e gritou de desespero, como se estivesse sentindo a pior dor que suportou em vida ampliada em mil.

— Caso esteja se perguntando o que houve — Leviatã sorriu, observando a expressão de pavor estampada no rosto do

O SILÊNCIO DO VENENO

funcionário —, ele apenas está se vendo. Essa criaturinha linda presa na cabeça do pobre coitado se chama aranha. Você já ouviu falar dela, pelo que me lembro, a velha Baal deu a ideia de colocar uma dessas na sua cabeça, não foi? Bem, o que essa coisinha faz é relembrar ao hospedeiro os momentos felizes que teve em vida. Só que, de vez em quando, exatamente no momento em que a alma se esquece da dor e da fome que está sentindo, ela abre os olhos e lhe permite relembrar do lugar em que está. Psicologicamente bem cruel, não?

Leviatã suspirou, emocionada, olhando a feição de seu novo ajudante, ela segurou a caixa junto ao corpo com mais firmeza.

— Cachorrinho — ela continuou, amenizando o próprio sorriso —, essa alma aí é uma entre milhões das que temos aqui na masmorra. Acredite ou não, nossos corredores possuem, sim, um limite. Ele termina onde a pobreza começa. Nós estamos no círculo do inferno pertencente aos afortunados. A pena aqui é medida de acordo com o espólio usufruído em vida. Caso não me falhe a memória, a atual cotação é de um século por quilo de ouro. Nossos condenados enriqueceram com a desigualdade, tiraram da boca de muitos para manter os bolsos cheios. Creio que você deva se lembrar de uma passagem da bíblia na qual Jesus disse "Quão dificilmente entrarão no reino de Deus os que têm riquezas! Pois mais fácil é passar um camelo pelo fundo de uma agulha, do que entrar um rico no reino de Deus". E é isso mesmo, todo rico vem direto para mim! Alguns aqui, conhecidos como bilionários, terão mais tempo de condenação do que a humanidade teve de existência. Não importa quanto dinheiro se meta no bolso, continuam sendo fracassados. Se os herdeiros soubessem, hein?

Novamente os olhos da aranha se fecharam, mas o choro continuou audível. Por baixo daqueles retalhos, dedos nervosos arranhavam a parede em um movimento involuntário, com a tentativa inútil de amenizar o sofrimento mental. Leviatã se aproximou ainda mais do condenado e, mesmo contra a vontade do mortal, fez com que o hóspede encostasse os dedos na aranha.

Assim que o contato se iniciou, a mente do homem foi inundada por imagens que, ao contrário daquela cela deprimente, eram coloridas e radiantes. Viu ali um homem branco, de meia idade e com barriga proeminente, acompanhado de mulheres em um barco de luxo. Bebida e drogas eram compartilhadas com abundância. O homem exibia uma arma que lhe dava uma falsa ideia de confiança, mas não passava do patético comportamento causado por uma masculinidade frágil. De repente, as imagens oníricas se transportaram para um restaurante de luxo, onde o mesmo homem, agora de cabelos grisalhos, escolhia pelo preço qual seria o jantar. Ele estava acompanhado por outros homens brancos, os quais o mortal desconfiou que também se encontravam naquela mesma masmorra. Assim que o condenado iria levar à boca o primeiro pedaço de lagosta, os olhos da aranha se abriram, relembrando para o sujeito a sua atual realidade. Novamente vieram os gritos, o choro por não aceitar o novo estilo de vida, as unhas arranhando as paredes.

Leviatã afastou a mão do hóspede, afrouxando o aperto. O homem se desvencilhou dos dedos, e acometido por um mal súbito ocasionado pela experiência, caiu sobre o chão. Ele sentiu a cabeça rodopiar, trazendo um enjoo, e em seguida vomitou enquanto as lágrimas lhe escorriam pelo rosto. Sentiu pequenos toques nas costas, vindos da donzela, que o cutucava com o pé.

— Levanta, cachorrinho, ainda temos trabalho a fazer — ela disse, impaciente —, isso foi somente uma amostra. Não se sinta mal, lixos como esse aí nós temos aos montes. Sabia que há mais casas para alugar do que pessoas morando na rua? Dinheiro herdado o suficiente para matar a fome do mundo várias vezes? Ah, caso não fosse a ganância... o ser humano realmente poderia ter dado certo. Aposto que você nem acha isso tão errado, né? Parece até que lhe ensinaram a admirar os ricos em vez de julgá-los.

O mortal limpou a boca com as costas da mão e se ergueu. Ainda sentindo a cabeça girar, olhou diretamente para o condenado preso à parede. Se virou para um dos espelhos e viu os próprios olhos cansados acima de olheiras. Não reconheceu de imediato aquela barba e o nariz, tampouco a pele morena e o cabelo ondulado. Perguntou-se como poderia ser alguém que

O SILÊNCIO DO VENENO

não se recordava do próprio rosto. Naquele momento, as náuseas voltaram, mas tentou se manter firme para não prejudicar ainda mais a própria imagem perante a donzela.

Ao se virar para trás, viu que Leviatã, demonstrando a apatia cotidiana, já havia deixado a cela. O servo fechou a porta sob o choro do condenado, o qual desconhecia o fato de ainda faltar um milênio e meio para o fim do próprio sofrer. O mortal seguiu de perto a anfitriã pelo corredor e se sentiu envergonhado.

— Cachorrinho, cachorrinho... — Leviatã sacudia a cabeça em desaprovação. — Você precisa ser firme! É o único jeito de se dar bem aqui. Quando se convive com gente que sofre, a apatia é o melhor dos escudos. A culpa deles estarem aqui não é sua, lembre-se disso. De acordo com o sistema de vocês, para alguém ter bilhões em ouro, é necessário que milhões estejam na miséria. Pense em todas as almas necessitadas e se sentirá melhor. Caso não se revolte ao saber que milhares de crianças morreram de fome hoje, enquanto bilionários existem e estão pouco se lixando para isso, então provavelmente, aí sim, você é parte do problema. Agora vamos, você precisa amadurecer seus sentimentos. Venha e trabalhe.

Seguiram para a próxima cela. Assim que o servo destrancou e abriu a porta, o mortal viu outro condenado que, desta vez, estava solto e encolhido em um canto. Todas as paredes da cela estavam repletas de espelhos, a aranha envolvia a cabeça do condenado em um abraço macabro. O homem no interior da cela estava deitado, imóvel, com o rosto virado para a parede oposta. Ele vestia retalhos imundos e o cheiro daquele cubículo lembrava carcaça apodrecida a céu aberto.

— Esse é um caso comum aqui. — Leviatã segurou o braço do humano e ambos se aproximaram do homem deitado. — Toque a aranha.

Hesitante, mas não menos obediente, o mortal se ajoelhou e, ignorando o medo e a última experiência, tocou a criatura que envolvia a cabeça do condenado. Diante de seus olhos, as paredes da cela despencaram, dando lugar ao leito de um requintado hospital. Até o odor foi substituído por um aroma doce, angelical. Em direção ao rosto do homem deitado, havia uma imensa janela com a estonteante vista para a floresta. A visão daquelas árvores magníficas aqueceu o coração do mortal, o qual ficou admirado pela paz majestosa que ali habitava. Ao olhar em direção à pobre alma, notou que o condenado estava entubado sobre a cama, os olhos do enfermo ignoravam os galhos, que belamente balançavam pela brisa, e fitavam a porta do quarto. De repente a vista se perdeu e, quando percebeu, o mortal sentiu novamente o fedor, viu-se de volta ao interior da cela imunda. Encarou o próprio pulso e viu que não mais tocava a aranha, Leviatã o havia puxado.

— Esse é um clássico. — Ela sorriu maliciosa enquanto os olhos iluminavam a escuridão. — Este aí é um fazendeiro, oligarca. Nem preciso dizer que mantinha centenas de pobres trabalhadores em um regime de escravidão. Isso em pleno século XXI. Ele sempre priorizou os negócios acima de tudo, inclusive da esposa e filhos. O caçula dele até morreu na infância devido a uma infecção, tudo porque esse traste aí não gostou da ideia de gastar dinheiro com hospitais. Ele dizia que "homem de verdade", fosse lá o que fosse isso, "não ficava de cama por uma gripezinha". Parece até coisa de livro, não? Mas lhe garanto que monstros assim são reais. Tampouco pagou um dentista qualquer para consertar os dentes da esposa que ele mesmo quebrou em um acesso de raiva. Lixo assim me enoja. No final da vida, ele foi internado devido a um câncer, morreu em um hospital sem receber uma visita sequer. O castigo dele é um eterno "esperar pelos filhos que nunca virão".

O mantenedor abaixou a cabeça. Apesar do relato, sentiu pena do condenado. Caso pudesse falar, perguntaria quanto tempo ainda restava de sentença. Mesmo pressionado a ser gélido, o humano não conseguia evitar a empatia.

— Como deve ter percebido, cachorrinho, essa aranha aí está nas últimas. Ela mal respira, precisa de alguns anos de sangue novo para se recuperar por completo. Depois de alguns séculos elas devem ser substituídas. Esse tipo de ocorrência é bem pequeno, mas acontece. Santinho, por favor!

Ao dizer a última palavra, o servo se adiantou e aproximou a tocha ao corpo da aranha. A criatura artrópode começou a

O SILÊNCIO DO VENENO

tremer e os braços arqueados soltaram o crânio do condenado. O mortal prestou atenção a cada movimento, imaginando que seria responsável por repetir aquilo em breve. A aranha se soltou e caiu de lado, o criado ofereceu a tocha ao mortal, o qual a aceitou com curiosidade. Em seguida, o criado tirou a camisa, revelando que por baixo daquele pano não havia uma corcunda, mas sim outra aranha grudada nas costas do pobre coitado.

O humano, apavorado, afastou-se e foi repreendido pelo olhar de Leviatã.

— Vamos! — disse a donzela. — Aproxime a tocha da aranha. Cuidado para não a queimar... isso! Agora pegue a que estava na cabeça do fazendeiro e a coloque sobre os ombros do Santinho.

Obedientemente, o mortal seguiu o comando. Deixou a tocha no chão, pegou a aranha e a posicionou no exato lugar onde a anterior estava grudada. Antes do encaixe, percebeu a ferida horrível e já apodrecida que foi causada por aquela relação parasita. O servo, quando recebeu o novo abraço, gemeu de dor e caiu de joelhos. Lamentando aquela cena, o novo servo se virou para a donzela, a qual apontou para a aranha ainda livre. Entendendo qual seria o dever do mantenedor de sofrimentos, o humano pegou a nova aranha e a aproximou do condenado.

O fazendeiro, durante todo aquele tempo, permaneceu ali deitado. Não poderia se mover nem se quisesse de tão debilitado. Mesmo naquele estado deplorável, os olhos do condenado encontraram os olhos de seu torturador. Os lábios rachados formaram um sorriso tímido no prisioneiro, mesmo sem poder dizer uma palavra sequer, ele moveu a boca e o humano entendeu que a palavra dita foi "filho".

O mortal se emocionou por aquele ato inconsequente, no qual o fazendeiro confundiu o novo servo como sendo o filho pelo qual tanto esperou. Em resposta, a mais gentil que se ouviu falar por aqueles domínios, acenou com a cabeça em afirmativa. A confirmação fez com que aqueles séculos de espera fossem recompensados. Pela primeira vez em todos os milênios de existência daquele lugar, uma aranha abraçou um rosto sorridente. O alívio, mesmo que falso, serviu para que aquela

50

pobre alma, condenada ao inferno, desfrutasse de um segundo do que o paraíso podia oferecer.

Tal atitude não passou despercebida. O sorriso de Leviatã desapareceu e o brilho, antes azulado, tornou-se verde como os de suas terríveis aranhas. A atmosfera naquele cubículo de repente ficou pesada como se estivesse no ponto mais fundo do Oceano Pacífico. A pressão, transformada em terror, fez com que o mortal, guiado pelo instinto de sobrevivência, encostasse a cabeça no chão e a cobrisse com as mãos. Foi indescritível o pavor que sentiu. Fez, sem saber, que prover qualquer conforto a um condenado era o único crime do inferno.

Quando reuniu coragem para abrir os olhos, notou que estava sozinho no escuro. Tateou pela cela, mas não encontrou nenhum sinal do fazendeiro ou do servo. Muito menos da donzela que o protegia. Enquanto temia a própria segurança, ouviu novamente o sibilar de inúmeras serpentes. Todos foram embora, deixando o horror como rastro.

* DOMÍNIO DAS TORTURAS *

Em uma pequena ilha quase escondida pelas imensas ondas de um mar furioso, havia uma cadeira de balanço. Confortável neste assento, um dos principados infernais se deliciava com seu charuto branco. Ele observava, com imenso deleite, os malditos se afogarem. Naquele domínio, as almas eram atiradas nas águas e, por mais que fossem exímios nadadores em vida, em morte afundavam feito pedra. Se nadasse, se debatesse ou tentasse boiar, hora ou outra a alma era tragada pelas ondas e de duas uma: ou morria afogada ou era destruída pelas pedras. Não importava qual era o fim, o início se repetia com o prisioneiro caindo do céu em perfeito estado e recomeçando a penitência.

O observador ajeitou o chapéu e se ergueu, sentindo que seria visitado. O mar começou a se acalmar, provocando certo alívio aos penitentes. Sobre as águas, veio caminhando o diabo, tal cena pareceu uma sátira da mais sem vergonha. Samael, assim que pisou sobre a rocha da ilha, acenou com cortesia. As ondas voltaram à fúria que conheciam bem e os condenados, outra vez, entregaram-se aos horrores daquele domínio.

O SILÊNCIO DO VENENO

— Boa tarde — disse o visitante.

— Boa tarde, como vai? — respondeu o visitado.

— Zebub — tossiu o diabo —, venho sob imensa preocupação.

— Você sempre foi muito preocupado, não é uma surpresa. Quer se sentar? Aceita um charuto?

— Dispenso por hora, obrigado. — Samael estalou a língua. — Alguns diabretes estão desaparecendo, precisamos investigar.

— Quando você diz "precisamos" — o rei do domínio sorriu com escárnio —, se traduz para "você precisa"!

— Desculpe, amigo. — Samael colocou a mão sobre o rosto, Zebub o ajudou a se sentar.

— Ainda se sentindo fraco?

— Sim, mas não se preocupe. — O diabo suspirou, aparentando estar esgotado. — É essa... divisão! Antes o inferno inteiro era um, tudo meu! Eu o dominava por completo. Agora está fragmentado, estragado! Isso me adoece! Eu o recebi de meu pai, para mim. Somente eu deveria comandá-lo.

— Saudades dos velhos tempos, então? — Zebub cuspiu um pouco de sua fumaça, a qual se materializou em outra cadeira idêntica à primeira, ele sentou e suspirou. — Você sabe que Baal, Azazel e Leviatã, principalmente Leviatã, não gostarão nada da ideia de voltar a ser como antes.

— E você, Zebub? O que acha?

— Depende. Fiquei com o pior dos domínios! Olhe só que tédio, nem me divirto mais vendo esses torturadores sendo torturados! Se você me garantir um domínio melhor, como o dos abusadores de Baal, ou talvez o de Azazel, aí sim terá meu apoio.

— Conto com você, velho amigo... — O diabo sorriu.

— E sobre Baal... — Zebub tragou o charuto.

— Águas passadas. Todos temos do que nos arrepender. Assim como do que relembrar com carinho. Et in Arcadia ego.

— Et in Arcadia ego. Pena que não consigo fazer bebida de ectoplasma, caso contrário tomaríamos um drinque.

— Sobre Leviatã — Samael recobrou o tom sério —, eu deveria me dar melhor com ela, afinal eu fui o primeiro a exigir direitos iguais, não? Ela também não quer passar o resto da existência abaixando a cabeça. Paguei por isso, é verdade, talvez tenha me tornado igual ao meu pai. O que me preocupa é que me enfraqueço a cada dia, meu poder e alcance ficam cada dia mais fracos. Agora há tantos pontos cegos. Antes era bem vagarosa a forma como minha vitalidade se esvaía, como uma gota d'água retirada de uma bacia, uma por dia. Depois que aquele mortal com amnésia chegou, parece que retiram um copo por hora. Alguma coisa nele ainda me incomoda, seria interessante se eu pudesse examinar novamente aquelas memórias, mas acredito que Leviatã seria um empecilho. Certamente ela não gostará da ideia de eu pegar de volta o condenado.

— Somos imortais, Samael — Zebub voltou sua atenção para o mar —, mas podemos ser aprisionados... silenciados. Há mais de uma forma de se livrar de alguém por aqui. A meu ver, Leviatã é a maior ameaça contra seu plano de retornar ao poder, eu poderia ir ao domínio dela e...

— Tem certeza? Como você mesmo disse, podemos ser aprisionados. Ninguém é mais forte que uma rainha em seu domínio — o diabo o advertiu. — Talvez até mesmo eu não consiga lidar com ela no interior da masmorra. Poderia ganhar um tempo esmagando a cabeça contra a parede, mas ela não demoraria muito para se curar. Nesse meio tempo, trancar a víbora em alguma cela seria uma boa ideia.

— Preciso somente do meu charuto e de uma desculpa esfarrapada. Assim como uma garantia sua de que eu não serei molestado!

— E que garantia seria essa?

O SILÊNCIO DO VENENO

— Uma garantia de resgate e vingança! — Zebub deu outra baforada. — Assim como a minha recompensa, quero um domínio animado, onde eu possa me divertir. Já cansei de ver esses idiotas se afogando.

— Estava com a ideia de criar um novo domínio, talvez um para assassinos seriais. A ideia seria que eles revivessem cada um dos assassinatos, mas desta vez pelo lado da vítima. Sendo torturados e mortos infinitas vezes por eles mesmos. No final de cada "rodada", sentiriam toda a dor que causaram aos familiares.

— É uma boa ideia — Zebub balançou a cabeça —, mas ainda prefiro governar um já existente, sabe? Talvez aquele da masmorra.

Samael e Zebub apertaram as mãos. Uma amizade que sobreviveu ao inferno dificilmente seria abalada por quaisquer tramas.

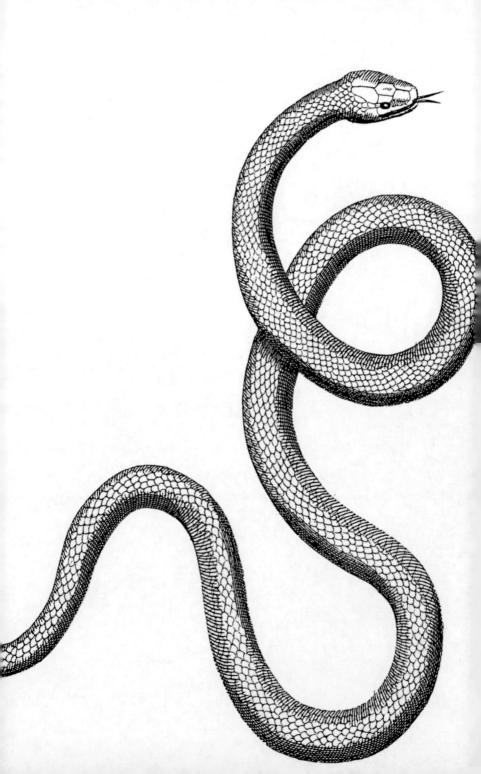

CAPÍTULO IV O MUI SINCERO

POIS A SINCERIDADE, QUANDO USADA DE FORMA IN-CONVENIENTE, NÃO PASSA DE CRUELDADE.

* CALABOUÇO *

Longo foi o tempo em que permaneceu trancafiado na escuridão. Em poucos segundos os olhos do mortal se adequaram ao ambiente, o que lhe possibilitou ver o fraco feixe de luz que se atrevia a iluminar o exterior. Durante todo aquele período, o humano soube que não estava sozinho. A iluminação era fraca e oscilava como um pêndulo, mas quando se tornava forte o suficiente, era possível ver a sombra atrás da porta. Agradeceu pela própria imaginação ser capaz de o fazer acreditar que, do lado de fora, a sua donzela permaneceu em vigília, aguardando o momento certo para salvá-lo daquele castigo. Já no interior da cela havia os corpos esguios e escamosos, assim como as picadas, o veneno, a dor e o silêncio. Ele foi atacado assim que gemeu de medo pela primeira vez, desde então o terror ofídio se manteve constante durante a penitência.

Ao longo de tanto tempo imerso no sofrer, o mortal se cansou de lamentar. Chegou ao ponto de somente deitar, tornando-se apático ao próprio castigo. A cabeça pendeu em direção à porta, olhando direto para a sombra oscilante que lhe lembrava da presença de sua anfitriã. As cobras lhe envolviam os membros e cravavam as presas em sua carne. Diferente de seu quarto, ali não havia cadeira ou mesa, nada de cama ou um lugar alto sequer para tentar se proteger. Abraçando o próprio destino, o mortal sufocava com a peçonha e, aos poucos, perdia o rastro do brilho que ainda possuía nos olhos. Seus pensamentos o culpavam e relembrava como fora estúpido por não conseguir trabalhar direito e, com essa atitude vergonhosa, irritar a rainha do domínio.

Tudo mudou momentos antes do homem perder todas as esperanças de ser liberto. A porta se abriu, revelando o servo

O SILÊNCIO DO VENENO

no corredor. Ainda curvado sobre o próprio corpo, carregando uma aranha entre as omoplatas, ele segurava uma tocha acima dos olhos já mortos. O criado acenou com a cabeça em sinal para que o mortal se levantasse, deixasse o tormento para trás e saísse da cela. Assim o homem obedeceu, notando não haver cobras em volta de seu corpo, muito menos marcas de mordidas em sua pele ou veneno em seu sangue. O que restou, depois de todo aquele sofrer, foram profundas cicatrizes em sua alma.

Ambos caminharam pelo corredor ao som de gritos e gemidos, os quais fizeram o mortal se lembrar dos próprios sons que produziu durante todo o tempo encarcerado. Vagaram em linha reta até a sala de jantar, onde Leviatã estava debruçada sobre a mesa. Pálida como um fantasma, ela ergueu a mão em direção ao homem que acolheu em seu domínio. Sem qualquer gesto de desgosto ou rancor, o mortal se adiantou e se aproximou feito o melhor dos mordomos obedientes. Durante todo o período preso na escuridão, quando a dor e o medo lhe permitiram pensar, refletiu sobre o ocorrido, imaginando o que poderia ter feito para causar a ira da donzela. De qualquer modo, o homem distribuiu toda a culpa do ocorrido sobre os próprios ombros.

— Cachorrinho — tossiu Leviatã, a voz estava fraca. O sorriso se mostrou debilitado ao ver a imensa compaixão nos olhos de seu protegido —, você voltou para mim... Preciso de você. Poderia me ajudar?

Caso se achasse digno o suficiente, o mortal teria envolvido a mão da donzela com os próprios dedos trêmulos. Após ficar aprisionado no escuro, envolto em amargura, vislumbrar aquele brilho azulado dos olhos de Leviatã apagou qualquer resquício do pesar que sentiu.

— Estou tão fraca — continuou a soberana, ela piscava lentamente. — Preciso que você faça novamente aquilo. Sei que isso o incomoda, mas é para o nosso bem. É só um pequeno sequestro, ninguém vai notar. Pode... — ela ergueu o olhar, iluminando a caixa branca do outro lado da mesa — trazer o meu remédio?

O mortal, de prontidão, ergueu-se e acenou com a cabeça. Caso fosse muito ousado, teria ainda beijado a mão da donzela em honraria por ser encarregado de tal tarefa. O homem possuía o olhar de "missão cumprida", estava motivado e pronto para qualquer desafio em nome de sua anfitriã. Sem saber como isso ocorreu, ele estava à mercê de Leviatã. Sem qualquer resistência, cedeu aos encantos da besta.

* DOMÍNIO DAS FORTUNAS *

Sentado sobre os escombros, olhando o céu avermelhado manchado por diabretes, o homem retirou do bolso o envelope ainda imaculado. Reparou que havia menos criaturinhas no céu, o que lhe causou certa melancolia. Lembrou-se de suspirar ao olhar para baixo enquanto desdobrava a carta e iniciava a leitura.

29 DE NOVEMBRO,

Meu filho amado e magnífico,

Peço, com imensa humildade, que não se ofenda com minhas tentativas de trazê-lo de volta. Já acendi velas para a santinha, orei e fiz jejum, mas você não responde! Escrevo novamente outra carta, pois tenciono vencê-lo pelo cansaço. Sei, de todo coração, que você seria incapaz de jogar fora as cartas de sua querida mãe. Sei que está lendo e se emocionando com minhas palavras. Sempre fomos muito íntimos e o conheço melhor que qualquer um! Minhas cartas eu sei que você lê, mas não colocaria minha mão no fogo pelas cartas de seu pai... De qualquer forma, estou com imensa saudade e preocupada também! Por favor, volte logo ou ao menos escreva!

Sua querida e preocupada mãe.

P.S. Desculpe todo o drama, é coisa de mãe.

O sentimento provocado por aquelas palavras foi de revolta. Como um filho poderia ser tão desnaturado? Tão apático ao

O SILÊNCIO DO VENENO

ponto de deixar pais amorosos aflitos pela saudade e preocupação? Enquanto sentia rancor de si mesmo, o mortal notou o movimento sutil ao lado de sua cabeça. Pequenas asas abanavam de forma desengonçada, trazendo o novo envelope pelo qual tanto aguardou durante sua prisão. O homem se levantou e novamente preparou o bote. A mão direita, com arranhões e queimaduras, incomodava a ponto de prejudicar a tentativa de sequestro, mas nada capaz de desmotivar o sujeito.

O pobre diabrete nem notou o perigo iminente, voava em direção à própria morte com um sorriso bobo entre as bochechas. Já o mortal, aprendendo com os próprios erros, posicionou a caixa branca atrás do pé esquerdo e tirou a camisa, a qual permaneceu ao lado do próprio corpo. Afiou os sentidos e ficou em posição de ataque. A criatura se aproximou e, quando os dedos da mão esquerda do homem sentiram a textura do envelope, o tecido bailou pelo ar como uma rede de arrasto. A camisa envolveu o diabrete e o capturou, mas não de forma pacífica. O mantenedor de sofrimentos jogou o envelope no chão e a mão esquerda, agora livre, agarrou o pano e o puxou em direção ao solo. No interior da camisa a pequena criatura se debatia, grunhia e arranhava. Todo o momento se intensificou quando o humano notou a fumaça que escapava pelo tecido. Em uma tentativa desesperada de fuga, o prisioneiro tentou incendiar a cela.

De imediato, o humano puxou a caixa branca e a posicionou com a tampa aberta ao lado do tecido. Para então permitir uma pequena abertura por onde o diabrete voou sem cautela e, por esta falta de percepção do perigo que o aguardava, vagou de uma cela para outra, sendo esta nova uma verdadeira sentença de morte. O homem fechou a tampa da caixa e caiu sentado, respirando pesadamente pelo esforço daquela ação. Estendeu o braço e pegou a camisa, a erguendo perante o rosto analisou todos os pequenos rasgos, a parte chamuscada e até uma marca úmida indicando que o diabrete, naquele momento extremamente perturbador e estressante, acabou urinando de medo. O novo servo, aflito com o desenrolar daquela crueldade, levantou-se e sacudiu a camisa. Enquanto tentava limpar as evidências do sequestro, ele viu, pelo canto do olho, que alguém acabara de descer as escadas da masmorra.

* MASMORRAS *

Após uma caminhada apressada, o mortal chegou ao corredor que desembocava na sala de jantar. Ele notou, com temor, que havia um homem sentado à mesa, de costas para ele, fumando sozinho. O humano pensou se o certo seria se aproximar do invasor, talvez tentar descobrir o motivo da visita. Rapidamente a curiosidade deu lugar ao medo, olhou em volta e não viu Leviatã. Um barulho sutil chegou aos ouvidos do mantenedor de sofrimentos, o qual se virou e viu, parcialmente encoberto pela penumbra de uma cela, o servo da anfitriã lhe fazendo um sinal. O criado acenava com a intenção de chamar a atenção do mortal, isso sem alertar o visitante indesejado.

Ainda ansioso, o humano caminhou até a porta onde o criado o aguardava e, sem delongas, teve a caixa branca tomada com imensa agilidade. A porta se fechou de imediato, deixando o humano para o lado de fora. Sozinho no corredor, o novo servo, agora de mãos abanando, ouviu um estalar de dedos. Virou o rosto para a mesa e notou o fumante erguendo uma das mãos. Com receio nos passos, o mortal se aproximou e reconheceu o invasor. Era o rosto de alguém que vira anteriormente em um bar no inferno.

— Garoto — disse Zebub, tirando o charuto branco dos lábios. Fumaça vagava de forma constante, deixando os cantos da boca e nariz —, fico surpreso que ainda esteja inteiro. Pelo visto a desequilibrada não pegou tão pesado com você. Não que eu me importe, por mim você não receberia nenhum tratamento especial.

Zebub, ajeitando-se sobre a cadeira, olhou para o humano dos pés à cabeça. Voltou o charuto para a boca e um pouco de fumaça lhe deixou as orelhas. Notou a camisa surrada e com manchas ainda úmidas, assim como a mão queimada e rasgada. Ele sorriu e ergueu o punho, passando um dos dedos que seguravam o charuto pela sobrancelha.

— Vejo que ficou irritado... — Zebub continuou, em um tom provocativo. — Não vai me dizer que se apaixonou por

O SILÊNCIO DO VENENO

aquela cobra? Ah, perdão, sempre me esqueço da ignorância humana, digo isso porque, ao contrário de você, consigo ver nitidamente as marcas de picadas pelo seu corpo. Faça-me um favor e se afaste, garoto! Sinto até o cheiro do veneno no seu sangue! Isso me dá náuseas! Farejo a podridão da maníaca em você!

O humano, irritado, deu um passo em direção ao invasor. Ele odiou a forma como o sujeito se portava e falava com escárnio da donzela que o acolheu. De punhos cerrados, demonstrou-se corajoso o suficiente para afugentar o rei do domínio marítimo.

— Isso sim é amor, como dizem, não? "Fedor para quem gosta é perfume!" — Outra tragada profunda. — O que foi? Não vai dizer nada? Não vá dizer que ela não o curou do...

Zebub sorriu ainda mais, mas os lábios voltaram ao normal ao notar a nuca do mantenedor de sofrimentos ser banhada por uma luz azul.

— Cachorrinho. — Leviatã, em toda sua graça, passou por seu novo capacho e se sentou à mesa. — Pode se afastar? Você está fedendo.

O pensamento de recusa à ordem passou pelos pensamentos do mortal, mas o olhar que recebeu da anfitriã o fez obedecer. Cabisbaixo, ele recuou dois passos e ficou ao lado do servo, o qual observava a mestra sem vacilar. A rainha daquele domínio estava novamente em ótima forma. O cabelo ondulado agora vibrava em um tom lilás, a face recuperou a cor e as belas mãos já não tremiam.

— Leviatã, não gosto muito que me façam esperar. — Zebub deu outra tragada no charuto.

— E eu não gosto muito que venham me visitar sem ser convidado. Mesmo assim, estamos aqui. Se puder apagar o charuto, agradeço! Seu ectoplasma deixará esse calabouço fedendo por eras.

Zebub tirou o charuto da boca e o apagou na mesa, deixando uma marca de queimado sobre a madeira. A fumaça que fluía da cabeça do sujeito foi se dissipando aos poucos.

— Qual é o motivo de sua presença? — questionou Leviatã, ignorando a pequena afronta contra seu móvel.

— Vim a pedido de Samael. — A palavra de Zebub causou uma mudança de clima no local, deixando a expressão da donzela mais séria. — Ele quer o garoto de volta — o olhar de Zebub encontrou o do mortal —, ou o que restou dele.

A rainha do domínio deu um tapa na mesa, chamando a atenção de todos os presentes.

— Como é? — Ela elevou o tom de voz, dizendo entredentes. O brilho dos olhos, antes azul, começou a se tornar esverdeado.

— Seu novo ajudante — Zebub pareceu apreensivo —, Samael pediu que eu o levasse de volta, e ele não me informou de todos os detalhes, mas é algo sobre os diabretes... se bem que tenho uma ideia do que pode ter acontecido com eles. — Lançou um rápido olhar para a camisa do mantenedor de sofrimentos.

— Ele é meu! — Ela se enfureceu, os olhos ficaram totalmente verdes. — Fizemos uma votação e ele é meu!

— Sou só o intermediário. Poderia muito bem raptar o humano quando ele estava lá fora e ir embora. — Zebub ameaçou pegar de volta o charuto, mas Leviatã foi mais rápida e o afastou do dono. — Fiz a cortesia de vir aqui avisá-la.

— É sempre assim, não é? — Leviatã se levantou, a cadeira em que estava sentada caiu para trás. A atmosfera no local ficou pesada.

O humano encolheu os ombros, lembrando-se de ter sentido exatamente a mesma coisa momentos antes de ser castigado. Ele tremeu dos pés à cabeça, lágrimas surgiram em seus olhos. Após o gesto involuntário, procurando algum tipo de conforto, tentou segurar o braço do servo, mas o corcunda já não estava mais ao seu lado.

— Vocês dão com uma mão e esfaqueiam com a outra! — As unhas de Leviatã arranharam a madeira da mesa. — Como

O SILÊNCIO DO VENENO

tem a audácia de vir ao meu domínio e reclamar algo que é meu por direito? Sabem que eu preciso dele!

— Eu não sei de nada! — Zebub tentou alcançar o charuto, mas Leviatã novamente se adiantou e o arremessou para fora do móvel. — Pelo visto temos um problema aqui, minha ordem foi somente para pegar o humano e ir embora. Não sabia que estaria em perigo.

— Sim, está certo! Você não sabe de nada, Zebub! — A rainha do domínio esboçou um sorriso malicioso abaixo de olhos loucos. — E nem vai saber que cobra o picou.

— Isso não é necessário — o visitante se levantou, com as mãos para cima em sinal de rendimento —, reconheço que estou em desvantagem aqui. Posso muito bem voltar ao nosso líder e explicar o que houve.

— Seu problema é que sempre foi sincero demais, sempre falou demais. — Leviatã rangeu os dentes. — Se não tivesse visto o humano com os diabretes... talvez eu deixasse você ir embora. Santinho, por favor.

Temendo o perigo, Zebub apoiou o pé na cadeira e se jogou sobre a mesa, na esperança de pegar novamente seu maior trunfo. Nem chegou perto de alcançar o charuto quando percebeu que caiu em uma armadilha. Assim que seus calcanhares tocaram o chão do outro lado, sentiu o metal pesado lhe atravessar o peito. Ectoplasma escorreu por sua boca enquanto girava e notava o pequeno criado, que se escondeu embaixo do móvel, soltando o cabo da grande espada. Zebub caiu de joelhos, encarou Leviatã, que se aproximou graciosamente. Ela deu a volta, pisou no charuto, esmagando-o com o salto enquanto os olhos voltavam ao tom azulado.

— O... o que é isso? — Zebub gaguejou, olhando o metal que o feriu de forma mortal. — É impossível! Eu... não posso...

Foi-se o último lampejo da vida profana nos olhos do visitante. A donzela encarou o cadáver como se fosse lixo. Suspirou e colocou as mãos na cintura. O olhar, novamente azul,

64

vagou do corpo para o humano e depois para o corcunda.

— Santinho, leve o cadáver para a cozinha. — Se aproximou do mortal e sorriu com malícia. — Cachorrinho, pegue a espada de volta, limpe-a bem e depois a guarde debaixo da mesa, há ganchos lá nos quais você pode pendurá-la. E quando terminar venha a meus aposentos, tenho uma nova missão para você. Como pode imaginar, não vou precisar de diabretes por um tempo.

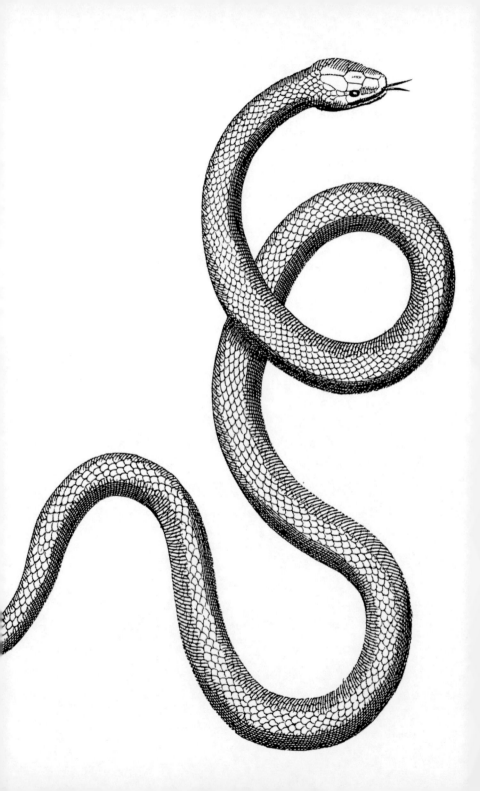

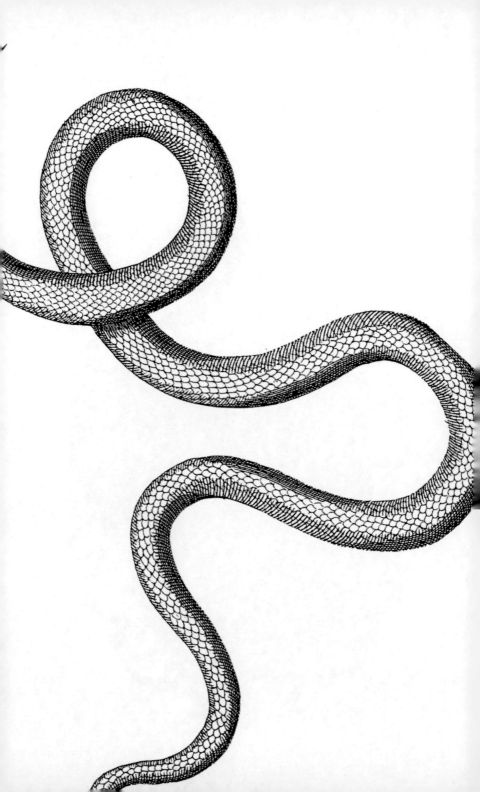

CAPÍTULO V – A MUI ADMIRÁVEL

POIS A ADMIRAÇÃO INOCENTE É INVERSAMEN-
TE PROPORCIONAL À CONVIVÊNCIA.

SALA DE JANTAR

Indignação era o sentimento que preenchia o peito do mortal. Da simples tarefa exigida pela donzela, não lhe foi permitido cumprir nada. O servo veterano fez de tudo para impedir o mortal de tocar a espada cravada no corpo de Zebub, até o ameaçou mostrando os dentes. Revoltado, mas ainda obediente, o humano se sentou em uma cadeira e observou o capacho cumprir todo o ordenado de forma solitária e eficiente. Leviatã não ficou presente para fiscalizar os servos, foi direto para uma das celas e se fechou no interior. O mortal acompanhou Santinho esconder a espada debaixo da mesa e, assim que começou a arrastar o cadáver em direção à cozinha, notou que uma estranha fumaça densa deixou a boca do falecido e flutuou de volta para o que restou do charuto, restaurando o objeto.

Tentando ignorar o fato, o homem seguiu com o olhar o criado carregar o corpo e desaparecer por uma porta. Após ficar sozinho no cômodo amplo, puxou a camisa até o rosto e a cheirou, confirmando que, como Leviatã reclamara, realmente estava fedendo. O cheiro era fraco, mas ainda perceptível, lembrava algo entre álcool e urina. Ele olhou em volta e, temendo ser novamente repreendido, correu em direção à passagem por onde Santinho entrou. Assim que passou pela porta, um jato líquido passou rente ao rosto e acertou a parede, salpicando-a de vermelho. Os olhos do mortal se arregalaram ao contemplar tal cena. O servo estava empunhando um cutelo, possuía as vestes imundas de sangue e, sobre a mesa, havia uma perna decepada. As roupas do criado estavam ensopadas de tripas e ectoplasma, aquele ambiente fedia como mil aterros a céu aberto. O mortal recuou e levou a mão à boca, voltando para o salão de jantar.

Cambaleou até a cadeira mais próxima e se jogou nela, afas-

O SILÊNCIO DO VENENO

tou a palma do rosto quando percebeu que não iria mais vomitar. Desistiu do plano que teve, em que pensou em trocar de camisa com o servo. De qualquer forma a tentativa falhou, e não teria coragem de voltar para, pelo menos tentar de alguma forma, verificar se havia vestes limpas em algum lugar. Decidiu então tirar a camisa, deixou o trapo estendido sobre a mesa e seguiu para o quarto da donzela, a qual o esperava. Deu dois passos e voltou para a mesa, pegou a camisa novamente e a vestiu. Achou mais digno se apresentar à anfitriã ao menos fedido que seminu.

A passos tímidos, vagou pelo corredor até a porta que, momentos antes, Leviatã adentrou. Respirou fundo, novamente sentindo o cheiro ruim, balançou a cabeça e bateu na porta. Não houve resposta. Bateu novamente e aguardou.

— Pode entrar — disse a anfitriã no interior do quarto.

O tom de voz foi firme, intimidador aos ouvidos do mortal. Ele realmente acreditou que nada de bom estaria o esperando do outro lado daquela parede. Todos os seus instintos gritavam para que fugisse, mas ele os ignorou a fim de seguir uma irresistível esperança de romance. Abriu a porta e se deparou com a luz, a qual não se limitava ao olhar da donzela, mas transbordava pelos archotes e velas que se espalhavam como estrelas. Mesmo dezenas de sóis eram incapazes de ofuscar a real ameaça, que ali estava deitada na cama com um sorriso mais mortal que qualquer lâmina.

O quarto era imenso, construído pela junção de dezenas de celas. Metodicamente organizado e limpo. A cama era ornada com partes de mogno com detalhes de teias de aranha, já o lençol possuía uma mistura com variadas cores frias em um vórtex psicodélico. Ao longo das paredes, havia dezenas de espelhos e focos de fogo, sem dúvida alguma era o cômodo mais bem iluminado da masmorra. Até o odor, que lembrava suavemente hortelã, era notavelmente agradável. Deitada sobre o colchão, a donzela trajava a mais fina seda, o vestido de verão era leve, vermelho e alcançava os joelhos. Naquele tremeluzir da iluminação, o tecido parecia oscilar em chamas.

— Ficará aí parado? — Leviatã estendeu o braço, com malícia no olhar e um sorriso nos lábios. — Não acha melhor se deitar?

Inseguro e inocente, ele olhou ao redor.

— Desculpe — ela se divertia, provocando-o —, mas só tenho uma cama...

Com passos hesitantes, ele se aproximou da cama e permaneceu ali parado, de cabeça baixa, à frente de Leviatã. Os cabelos, agora amarelos como ouro, cintilavam seguindo as oscilações das chamas enquanto a anfitriã se levantava do móvel. Com movimentos sutis e delicados, ela posicionou as mãos sobre os ombros do mantenedor de sofrimentos, o qual não sentiu o toque até ser tarde demais. Ela o virou e o fez se deitar sobre a cama. Como um gato, esgueirou-se sobre o homem e sentou sobre o seu quadril. As mãos femininas deixaram os ombros e alcançaram o rosto. Naquela posição, o mantenedor se sentiu tão envergonhado quanto assustado. Ele tremia, e isso fez com que a rainha do domínio se deleitasse com a situação.

O rosto dela se aproximou de forma que, quando suspirou, o mortal sentiu a respiração da moça sobre os lábios. Ele notou como ela era leve, o quanto era quente e, levado pelo desejo, levantou as mãos trêmulas com a intenção de lhe tocar as coxas. Então veio o beijo. Em seguida, a agonia. As mãos do homem desistiram de alcançar as pernas e se contentaram em se agarrar aos lençóis. Amargo igual fel. Talvez, piorado mil vezes, o chorume poderia chegar aos pés do sabor da língua, carregada de veneno, da donzela. A sensação foi, no mínimo, horrível. Ele gemeu e se debateu, mas só então notou como a empregadora ficou imensamente pesada. O hóspede não conseguia se mexer, tampouco fechar a boca, onde havia a sensação de algo escamoso escorrendo garganta abaixo.

A tortura pareceu durar horas e, quando Leviatã o soltou, já não era o mesmo homem. Ali, deitado e trêmulo sobre a cama, havia somente o que sobrou de uma pessoa quebrada. A rainha do domínio sentou novamente no colchão, limpando os lábios com os dedos. O servo se levantou da cama e, cabisbaixo enquanto lágrimas escorriam por seus olhos, seguiu em direção à porta. Os braços, com os pulsos retorcidos, mantiveram-se

O SILÊNCIO DO VENENO

junto ao corpo enquanto ele dava um passo de cada vez, cada um mais difícil que o outro. Sentia-se sujo. Em sua cabeça, a certeza de ter sido humilhado confrontava a dúvida e confusão. Antes que pudesse alcançar a maçaneta, Leviatã o segurou pelo ombro e, pela primeira vez, encontrou resistência onde antes somente havia conivência.

— Cachorrinho, o que foi? — O sorriso da donzela não era a sua única arma. — Ah, aquilo? Bem, foi um presente! — O humano levantou o olhar, encontrando a luz que tanto admirava, a donzela o tocou na barriga, ele se afastou. — Isso vai protegê-lo, te deixar mais forte!

O homem acenou com a cabeça, mas em seguida voltou sua atenção para a maçaneta. Tal atitude fez com que a anfitriã agisse novamente. Ela o segurou pelos ombros e o colocou contra a porta, ameaçou beijá-lo, mas ele comprimiu os lábios e virou o rosto, apertando os olhos enquanto choramingava. Ao sentir os dedos macios lhe percorrerem a face, o homem voltou a encarar Leviatã e sentiu uma profunda tristeza ao encontrar lágrimas no rosto da donzela. Ela se afastou e cobriu o rosto, sentou-se na cama e começou a soluçar.

— Pode ir embora se quiser! — Leviatã disse aos prantos. — Só agi do jeito que achei certo! Desculpa se te magoei! Foi para o seu bem!

Preocupado, o homem se aproximou e, reunindo coragem, colocou a mão sobre o ombro da donzela. Ela cobriu o pulso dele com o rosto, umedecendo a pele do mortal com suas lágrimas.

— Você... — Ela virou novamente o rosto, agora encarando o sujeito. — Você me perdoa?

Sem entender o que estava acontecendo, ele acenou a cabeça, limpou as lágrimas e sorriu forçadamente. Leviatã se levantou e o abraçou com força.

— Obrigada. Você é tão gentil!

Sentindo-se culpado e vulnerável, o homem a abraçou de volta. Quando ameaçou soltar a moça, ela o abraçou novamen-

72

te, com mais força. O mortal abaixou a cabeça e soluçou. Ele, molestado, chorava; ela, entediada, catava fiapos no trapo do servo. Após alguns segundos, a rainha se afastou e, sorrindo, apertou o nariz com os dedos, fazendo uma piada como se o homem estivesse exalando um mau odor. O capacho, envergonhado, abaixou a cabeça e sorriu em resposta sem notar que, no rosto da anfitriã, já não havia nenhum sinal de lágrimas.

* DOMÍNIO DOS ABUSOS *

Desta vez, Samael chegou ao destino em uma carruagem. Desceu do veículo e ergueu a vista, contemplando a imensa mansão isolada em um campo verde e belo. O diabo subiu os poucos degraus e ficou à frente da porta. Com aparente hesitação, bateu na madeira. Após alguns segundos de espera, a porta se abriu e da abertura brotaram olhos marejados e verdes.

— Vim a encontro da rainha do domínio, ser imundo — cuspiu o diabo. — Deixe-me entrar.

A porta se abriu por completo, revelando um ser em estado deplorável. Tratava-se do que restou de um homem, esquelético em trajes fetichistas de couro. Tinha os cabelos grandes e louros, a boca estava fechada com os dentes semicerrados. Era notável que pequenas linhas saíam de sua nuca e desapareciam no teto do imóvel. O servo parecia se mover levemente, como se flutuasse entre um passo e outro, enquanto guiava o visitante. Por mera mágica, o interior do local parecia imensamente maior que o exterior, mas nada que amedrontasse o rei deposto do submundo. Em todas as paredes havia molduras de pessoas sem as pálpebras. Após notar as imagens, Samael reparou que o servo também não possuía a pele que recobria os olhos, o que explicava a irritação que o condenado possuía nas órbitas.

Seguiram pela tapeçaria até passarem pela porta do salão de festas, onde pessoas estavam imóveis. O grupo se dividia em duplas, as quais permaneciam se encarando, vez ou outra esboçando de forma nada natural expressões forçadas e gestos

O SILÊNCIO DO VENENO

caricatos. Samael notou que uma condenada o encontrou com o olhar e, no mesmo instante, abriu a boca para gritar, mas a própria mão a impediu. Os dedos da mulher lhe invadiram a boca e cravaram as unhas na língua, arrancando-a da boca. O que talvez viesse a ser um pedido de socorro se encerrou abruptamente, mas tal acontecimento corriqueiro não despertou a atenção do visitante.

Subiram a grande escadaria, o guia mal tocou os degraus enquanto o antigo rei suspirava a cada passo. Seguiram pelo corredor ornamentado com belas flores e lustres de diamantes. O tapete era de um incômodo aos olhos, vermelho vivo e pulsante, já as paredes estavam enfeitadas com quadros de pessoas esbugalhadas em belos trajes. No final da caminhada, Baal aguardava o visitante. A idosa, em pé com os braços para trás, encarava o antigo sei se aproximar. A expressão de ambos era severa, mas assim que o servo se afastou, tornou-se mais receptiva. A rainha do domínio também trajava roupas de couro bem justas.

— Samael! — Baal sorriu, descontraída. — A que devo o prazer? Nem me lembro da última vez que visitou meus domínios!

— Vim sob forte pesar, querida Baal. — O diabo suspirou outra vez, aparentando imenso cansaço. — Preciso de sua consultoria.

— Venha por aqui então, querido. — A idosa o guiou para um cômodo, havia uma pequena mesa e cadeira, ficava de frente para uma janela com a vista esplendorosa dos campos sempre verdes. — Em que lhe posso ser útil?

— Estou preocupado, Baal — respondeu Samael, deixando o corpo cair sobre a cadeira —, sinto-me definhando aos poucos.

— Talvez seja depressão... — A idosa deu de ombros e se sentou.

— Você acha? — O diabo esboçou um sorriso ao ser pego de surpresa.

74

— Muito provável. Aliás, há algum motivo para não ficar deprimido em um mundo como o nosso? Gostaria mesmo que os remédios dos humanos fizessem efeito em nós, talvez ajudasse.

— E os remédios, caso funcionassem, somente não mudariam a gente por dentro?

— Verdade, não? — Baal sibilou, com risinhos. — De que adianta reformar o interior da casa enquanto a enchente a leva?

— Humanos são complexos demais.

— A culpa não é deles! Imagine uma panela com água sobre o fogo... caso você a deixe lá, uma hora ou outra a água vai começar a evaporar. Agora, se você colocar um pouco de sal, o ponto de ebulição aumentará. Isso é a realidade humana! Como se a panela fosse a pessoa, a água representa a saúde mental, o sal não passa dos remédios contra a tristeza e a ansiedade. Já o fogo? É o ambiente tóxico em que eles vivem. Parece tão simples, não? Como não queríamos que a água evaporasse, era somente a tirar do fogo! Só que muitos humanos não podem simplesmente mudar de vida assim, então insistem nos remédios até sobrar somente uma panela cheia de sal. Mas enfim, no que somos diferentes, não é mesmo?

O diabo acenou com a cabeça, refletindo sobre as palavras e como delas poderia chegar ao assunto pretendido.

— Falando nisso — continuou Samael —, aquele novo ajudante de Leviatã ainda me perturba. — Um dos servos suspensos se aproximou e distribuiu as xícaras entre os monarcas, outro veio em seguida e serviu o chá. — Geralmente quando a bebida é oferecida, o novo condenado a recusa de imediato. Algo que é até um instinto. Uma minoria o cheira antes de recusar. Há ainda os que bebericam na esperança de me agradar, mas tomam tão pouco que ainda ficam capazes de soltar gemidos e alguns berros nas piores situações. A maioria só toma depois, quando quase enlouquece de sede. Mas aquele sujeito tomou um bom gole de silêncio, como se não acreditasse que algo de ruim pudesse acontecer. Aquilo me pegou de surpresa.

O SILÊNCIO DO VENENO

— Comportamento estranho. — Baal acenou com a cabeça — O que acha disso?

— Incomum. Isso me deixou incomodado desde então. Creio que nunca vi acontecer.

— Caso seja de seu agrado — a idosa fez um gracejo —, posso ir ao domínio de Leviatã e o investigar.

— Não carece. Zebub já foi.

— Oh! — Baal suspirou. — Logo ele?

— Tem algo contra minha decisão, Baal? — O diabo a encarou, severo.

— Muito pelo contrário, devido às circunstâncias, creio que foi a melhor escolha. Zebub é perfeitamente capaz.

— Não me convenceu. — Samael cheirou para logo após bebericar o chá. — Diga-me o que pensa. Ou melhor, o que viu.

— Samael, fazem eras que não fecho meus olhos! Você sabe como me afeta, nunca sei quando os poderei abrir novamente! Isso me aterroriza! Minha última visão não me revelou nem sua qued... — Ela se interrompeu.

— Por isso estou aqui. — Ignorou a gafe. — Temo o futuro, a cada passo sinto que estou mais perto de algo terrível! Gostaria que você fechasse seus olhos outra vez, por mim!

— Não! Isso, não! — Baal se exaltou. — Tudo menos isso!

— Acho que você me deve! — Samael se levantou, erguendo também as sobrancelhas.

— Não posso, isso vai me afetar de uma forma que...

— Não quero saber o quanto a afeta — o diabo ergueu o tom de voz, cerrando os punhos —, o que quero são respostas! Eu preciso delas!

— Senhor! Na sua idade perdendo a compostura desse modo? Que vergonha!

— Como se atreve?

Naquele momento, Samael então se viu cercado por dezenas de condenados. Todos o encaravam com olhos sem pálpebras, alguns gemiam, já outros tremiam dos pés à cabeça. Alguns empunhavam facas de cozinha, outros archotes e até punhais banhados em algo que muito bem poderia ser veneno.

— Como disse, não o farei! — A rainha do domínio se levantou, encarando o diabo de frente. — Não pode me exigir tal ato. Não sou sua ferramenta, muito menos estou abaixo de você. Ou já se esqueceu? Quando você estava caído de joelhos, eu permaneci em pé! Não me subestime, garoto.

— Uma recusa ameaçadora, diga-se de passagem.

— Se é assim que a enxerga — com um aceno de sua mestra, os servos abriram passagem —, garantirei sua saída segura do meu domínio. Não temos mais assuntos a tratar. Mande lembranças a Zebub, ele ainda é tolo demais para lhe dar ouvidos.

* DOMÍNIO DAS FORTUNAS *

Com o pior dos sentimentos, o mantenedor de sofrimentos colocou a cabeça para fora da janela e, melancólico, notou a distância entre ele e os escombros aumentar. Olhou para o lado, vendo o banco vazio, depois voltou o olhar para o exterior, buscando algum tipo de distração. O criado veterano guiava os cavalos com maestria, os quais corriam como bestas selvagens fugindo do inferno. Sem dizer uma palavra, o servo providenciou trapos um pouco mais limpos para ambos, alimentou os animais com o sangue de Zebub e preparou a carruagem. O homem não fez muito além de observar e aprender.

De acordo com Leviatã, a tarefa era simples. Ele só precisava viajar e, uma vez no destino, entregar a encomenda. Pensando na missão, lembrou-se de que em seu bolso havia a última carta que recebeu. Ainda com a mente nublada pela tempestade de pensamentos, achou melhor parar de pensar nas próprias dores, buscando assim um tipo de esperança. Tirou o envelope

O SILÊNCIO DO VENENO

do bolso e, após se ajeitar no banco, ficando de costas para a janela, abriu o papel.

30 DE NOVEMBRO,

Prezado filho,

Tomado pela preocupação, desconfiei que o problema estava na entrega da correspondência. Essa ideia me ocorreu após muita reflexão. Hoje pela manhã, fui à agência dos correios e não saí de lá até receber uma resposta formal. Cheguei a ameaçar chamar a polícia e, posteriormente, um advogado. Eles, temendo minha severidade, averiguaram os registros e me garantiram, jurando de pés juntos, que todas as cartas foram devidamente entregues e, caso nenhuma tenha chegado até nós, é porque nenhuma foi enviada. Acreditei ser um ultraje, mesmo assim agradeci o empenho dos funcionários e saí de lá de cabeça erguida. Para minha desgraça, ouvi um "Pobre coitado, não sabe do próprio filho" vindo de uma garota da vida que estava na fila da agência. Eu a fuzilei com o olhar e, caso já não estivesse tão envergonhado, a acertaria com a bengala. Sua mãe não saberá do ocorrido.

Um abraço, seu pai.

Dessa vez, algo diferente ocorreu. Como um relâmpago, a imagem de uma agência dos correios veio à sua memória. Aquilo lhe despertou um lampejo e talvez fosse o gatilho para que suas lembranças voltassem. Mesmo sentindo pena do pai, o homem se limitou a não prestar tanta atenção na história em si, mas sim nas sensações que ela provocava. Principalmente os sentimentos de melancolia por algo que se perdeu. O coração do mortal bateu mais forte, as pernas tremeram e a mão cobriu o rosto. Ele se curvou sobre o próprio corpo e ficou assim por alguns minutos. Quando recobrou a postura, escorou o rosto

78

sobre o braço apoiado na janela. Observou, agora com espanto e admiração, a bela pradaria verde sob o céu vermelho. Tal paisagem parecia ser improvável no inferno, mas ao sentir o cheiro de grama, lembrou-se da bengala, assim como o barulho de quando ela tocava o chão. Sua memória pareceu se fortalecer.

A carruagem parou, o homem, um pouco mais animado, desceu e encontrou Santinho ao aguardo. Ele lhe entregou um caixote do tamanho de uma perna e apontou para o Oeste. O homem entendeu a mensagem e, após segurar firme a encomenda abaixo do braço, caminhou para a direção apontada. Tremendo de medo por se lembrar do aviso que Samael lhe dera quando chegou, sobre os perigos de caminhar sozinho no inferno, olhava sobre o ombro a cada dois passos. Andou por cerca de vinte minutos em linha reta até que encontrou o que procurava. Alcançou a borda e contemplou o abismo, que abrigava centenas de minúsculas casas. No meio de todas elas, uma grande torre imponente se erguia e, talvez por uma ilusão de ótica causada pelo calor, aparentava se retorcer. Voltou a caminhar procurando uma descida, até que algo caiu sobre ele.

Veio a grande sombra, que cobriu toda a luz, depois a pressão sobre a cabeça. Primeiro acreditou que barras de ferro foram entortadas em volta do próprio rosto, mas quando superou o medo de abrir os olhos, deparou-se com um rosto conhecido acima de um vendaval de belos tecidos e penas.

— Trouxe algo para mim, verme? — disse Azazel, a grande mulher alada.

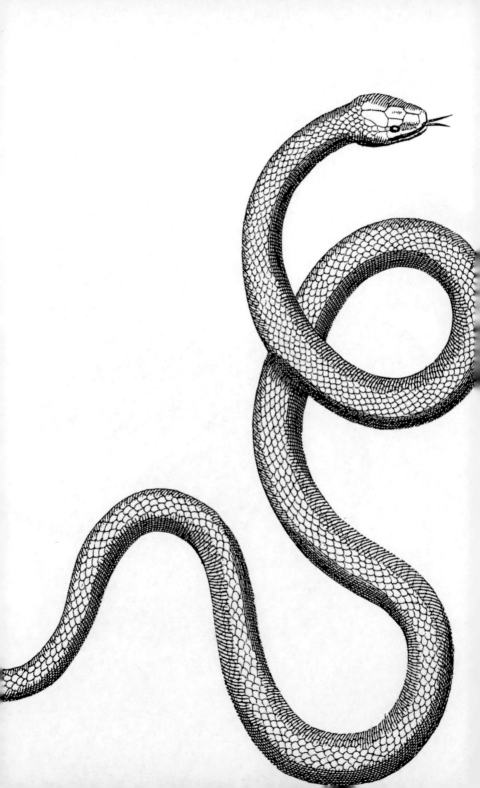

CAPÍTULO VI O MUI SORTUDO

POIS A SORTE NÃO PASSA DE UM BOM ACONTECIMENTO DESMERECIDO.

* DOMÍNIO DOS PRECONCEITOS *

Após amarrar os pulsos do humano, o fez transportar a caixa pesada sob ameaça de uma surra inesquecível caso deixasse o objeto cair. O mantenedor foi acompanhado bem de perto durante todo o percurso. Com as mãos atadas por pedaços das vestes de Azazel, arrastou-se por entre os casebres que rodeavam a imensa torre. Nos raros momentos em que seus olhos deixavam de deslumbrar a mulher, que com três metros e meio se destacava na multidão, ele observava os inquilinos daquele domínio. Ao contrário da masmorra, aquele lugar era a céu aberto, o que implicava em uma fuga ou outra. Tal fato parecia incomodar e muito a encarregada daquela prisão sem muros.

— Não encare a torre — foi o único aviso que a rainha do domínio lhe deu.

Ao passar à frente de um dos inúmeros barracos, algo no interior do único cômodo chamou a atenção do mortal. Ele apertou os olhos ao observar uma mulher com cabelos desgrenhados e pele extremamente suja sacudindo os próprios ombros. Presas às costas e braços da condenada, havia farrapos amarrados de forma improvisada, formando uma capa bifurcada. Pela forma com que ela se debatia, o humano acreditou que a prisioneira havia enlouquecido e tentava desesperadamente voar. Abaixou a cabeça e seguiu o caminho conforme Azazel o arrastava. Vez ou outra ele olhava para o interior das casas e se deparava com inquilinos em estados deploráveis. Algo que, dentre várias misérias, chamou sua atenção foi a frase rabiscada com carvão na parede de uma das casas: "Se Deus é por nós" interrompida de forma abrupta. Para seu terror, marcas de san-

O SILÊNCIO DO VENENO

gue salpicavam aquela mensagem.

Foi então, ao se aproximar da torre, que notou algo que lhe arrancou o pouco ar que conseguia inspirar. Dezenas de vultos caíram do céu. Agora Azazel, mesmo que se destacasse pela imensa beleza e presença, não era mais a única de sua espécie. Havia outras pessoas aladas, que pousaram ao redor do mortal, causando-lhe um sentimento claustrofóbico inigualável. Rodeado por anjos, um pouco menores que a rainha daquele domínio, mesmo assim imponentes e alados, nunca havia se sentido tão pequeno.

Olhou em volta e notou, por entre as penas, que os condenados se aproximaram para acompanhar o que estava acontecendo. Todos os malditos mantinham o olhar fixo ao chão. Azazel fez um gesto com a mão e os demais alados, de prontidão, se enfileiraram entre eles e a grande torre. Ela tomou a caixa dos braços do humano e a ergueu para o ar, quase que de imediato um dos lacaios, de toga carmim, adiantou-se à frente dos demais e pegou o pertence. O mortal olhou para as criaturas lado a lado, um pouco ofuscadas pela claridade que ainda lhe machucava os olhos. Quando voltou a atenção para Azazel, notou que ela estava agachada. Após revirar os escombros, retirou do meio da sujeira uma pequena tábua úmida e aparentemente podre. Ergueu-se, abriu as asas e não houve uma alma sequer daquele lugar que não encarou a beleza de um anjo nascido no inferno.

— Prestem atenção, pois só direi uma vez! — A voz retumbou como um trovão por entre os barracos. — O que seguro em minha mão é a salvação! É a garantia de uma vida melhor. Significa conforto e decência para a alma que a possuir!

Azazel se virou para os alados, ela acenou e um deles se aproximou. Após a mulher cochichar algo, o anjo acenou com a cabeça, se ajoelhou e estendeu os punhos. A rainha do domínio posicionou o pedaço de madeira sobre as mãos do servo e ele o recebeu como se fosse a mais preciosa das coisas. Então o ajudante se afastou e ergueu voo.

— O prêmio foi agora levado para o teto da torre para a qual nenhum de vocês pode olhar! — continuou a rainha do domínio, realizando o pronunciamento para pessoas cabisbaixas. — Porém hoje abrirei uma exceção. Àqueles motivados serão recompensados. Meritocracia, é como chamo. Podem olhar para a torre e, com minha permissão, podem até tocá-la. — Os rostos se erguiam, incrédulos. — Escalem pelas paredes. Aquela alma que trouxer o prêmio primeiro será minha convidada de honra. Receberá um tratamento especial como se fosse um anjo!

Os habitantes daquele domínio ficaram imóveis por alguns segundos sufocantes. As centenas de pessoas aguardavam pelo primeiro indivíduo, aquele corajoso ou tolo o suficiente para tentar a sorte. Alguém capaz de desobedecer a todas as regras antes mencionadas e assim buscar pelo único símbolo de conforto já oferecido em séculos. Naquele lugar, onde olhar para a torre era crime, assim como se aproximar demais era punível de um castigo desumano, houve finalmente algum comportamento ousado. A mulher com asas de farrapos abriu caminho por entre a multidão aos empurrões e correu em direção à grande construção. Assim que ela tocou o alvo, os demais condenados seguiram seu exemplo.

Centenas de pessoas, desesperadas, correram e se amontoaram perante a torre. O homem prendeu a respiração ao ver a mulher com asas de farrapos alcançar quase dois metros de dianteira e perder todo o avanço ao ser puxada pelo tornozelo em direção a pés furiosos. Eles berravam como animais e, como aquela forma de competição consistia em uma briga mútua, na qual todos se atrapalhavam, ninguém conseguiu avançar mais do que alguns metros antes de ser puxado para baixo novamente. O mortal ficou horrorizado ao notar que alguns condenados aguardaram um pouco para usar os mais apressados como rampa. As almas mais cruéis escalaram os semelhantes, pisoteando sem dó, para então alcançar uma vantagem sobre aqueles que iniciaram a escalada.

— Ora — Azazel disse, aproximando-se do mortal, tocou-lhe as costas e o conduziu em direção à briga —, e você também não ocupa o mesmo barco que eles?

A reação do mortal foi fraquejar sobre os próprios joelhos.

O SILÊNCIO DO VENENO

Não encontrou nenhum conforto ao redor, somente os demais anjos apontando e gargalhando da barbárie. O pavor se estampou no rosto de quem entendeu o recado. Ele teria que participar daquele massacre. Engoliu a pouca saliva e caminhou vacilante em direção à torre. Ao se aproximar o suficiente, notou que sobre o chão, abaixo da multidão, formava-se uma poça de sangue. Aquilo eliminou o resquício de coragem que ele reuniu para tentar a escalada. Permaneceu estático, desistindo do objetivo. Ficou a trinta metros das pessoas que brigavam entre si por uma chance de dignidade, ali notou que não desejava qualquer forma de conforto e se contentaria em poder voltar para a masmorra. Recuou, pensando se poderia fugir, mas se deteve ao ouvir leves passos atrás de si, o que lhe causou um arrepio na espinha. O pensamento de reagir virando o rosto e assim encarando o que se aproximava nem passou por sua cabeça, a coragem o abandonou por inteiro. Em resposta, ele somente fechou os olhos e aguardou pelo pior.

Braços firmes, mas macios, envolveram o tronco do mortal em um abraço rígido. Ele sentiu o calor de Azazel em volta de si e a sensação foi tão gritante que mal percebeu quando seus pés se afastaram das pedras do chão. Em velocidade assombrosa, o mortal foi levado para cima, e enquanto voava em direção ao topo da torre notou, com imenso pavor, que aquelas paredes eram formadas pelos corpos de milhares de pessoas. Essas almas aprisionadas emanavam um baixo, mas agonizante, gemido. Estavam empilhadas de uma forma que só era capaz de se ver da base da coluna ao topo da nuca. Alguns dos corpos tremiam ao serem chicoteados pelo vento frio que se alastrava pelo bater de asas da rainha do domínio. Sem dificuldades, Azazel levou o mortal até o alto da torre e o jogou de forma descuidada.

Por um momento, quando os pés do homem tocaram o parapeito, ele acreditou que iria cair e se espatifar, levando consigo uma ou duas das centenas de almas que se amontoavam lá embaixo. Com imenso esforço e medo, o homem conseguiu achar o equilíbrio e deu um passo para trás. Ao notar que estava pisando em uma superfície irregular, olhou para baixo e viu, com pesar, que estava sobre as costas de alguém. A pessoa que lhe servia de chão gemeu ao contato, tremeu e pareceu desesperadamente tentar se soltar das amarras invisíveis aos olhos do homem. Ele ergueu o rosto e viu Azazel, já de pé sobre as almas do teto, apontando para baixo à esquerda. O mortal seguiu a direção do dedo do anjo e identificou, dentre os corpos, o pedaço de madeira. Com receio de prender o pé entre os corpos, ele caminhou com cuidado, tentando não pisar por muito tempo e com demasiada força sobre ninguém.

Quando chegou perto, o suficiente para alcançar com as mãos ainda atadas o alvo, ele notou que o pedaço de madeira estava em posição vertical, preso em algum vão por entre os prisioneiros. O mortal hesitou por um instante, mas o olhar impaciente de Azazel sobre sua pessoa lhe causou um arrepio de pavor, então agarrou o pedaço de madeira e, notando que estava bem preso, precisou usar de sua força bruta. Tal movimento fez com que seu corpo inteiro doesse, motivo das chagas que trouxe da masmorra. Firmou os pés sobre carne e ossos, ouviu gemidos de reprovação e, utilizando de toda sua força, puxou o pedaço de madeira de forma rude. No começo o objeto teimou em se mexer, mas depois se soltou e veio ao encontro de seu ladrão. O homem, com amargura, notou que na base da madeira havia sangue e um dente encravado. Horrorizado, ele olhou para baixo e se deparou, em meio ao vão, com um olhar de dor e desespero acima de uma boca retorcida e ensanguentada. Talvez, em eras, aquele pedaço umedecido de madeira foi a única coisa que aqueles dentes encontraram para mastigar, talvez fosse o único pertence daquela alma em milênios. Enquanto perguntava-se o que alguém poderia ter feito em vida para merecer um castigo daqueles, sentiu novamente os braços firmes de Azazel abraçarem-lhe o tronco.

A descida foi um suspiro, mas não menos assustadora. Os pés do mortal tocaram o chão enquanto ele reparava nas centenas de olhares. Todos os sobreviventes o encaravam. Os anjos escoltaram as pessoas, afastando-as da torre e fazendo-as se alinharem em fila de costas para o monumento. Do local de onde vieram, restaram os ossos quebrados pelo chão, as almas pisoteadas gemiam em agonia enquanto eram negligenciadas por seus malfeitores. Naquele momento, observando tamanha cena lamentável, o homem ficou grato por não haverem crianças no inferno.

O SILÊNCIO DO VENENO

— Contemplem! — gritou Azazel, a voz firme ecoou por entre os barracos. — O vencedor! Este aqui — ela apontou para o sujeito, mas não recebeu qualquer sinal de que ouviria um nome —, o recém-chegado sem nome, o qual vamos chamar de... Piolho, sim... Piolho de Cobra. — A última palavra saiu acompanhada de um sorriso malicioso. — Vejam como ele conquistou aquilo que todos queriam! Sim, ele mereceu! Somente ele foi capaz de algo que nenhum de vocês foi! Agora este afortunado se vangloriará do espólio.

Com um sinal de Azazel, os demais anjos afastaram as pessoas, ordenando-as de forma que abrisse a passagem para a rainha alada e o hóspede. O lacaio que estava segurando a caixa se aproximou e permaneceu atrás da rainha. O trio caminhou por entre as pessoas, todas olhavam para o pedaço de madeira podre, segurado firmemente entre o abraço do mortal. Os condenados esboçavam semblantes dignos de pena, como se estivessem perdidos em um deserto e a tábua fosse o último gole de água. Algo que o homem notou no olhar de todas as almas ali aprisionadas foi, além da tristeza, o ódio.

"Se tivéssemos asas...", pensou um dos condenados. "Se fosse maior e mais forte", matutou outra alma maldita. "Ah, se tivesse nascido anjo!", refletiu um dos prisioneiros.

Os três caminhavam enquanto as pessoas eram tocadas como gado. Os anjos as afastavam de volta para os barracos. De relance, o mortal viu alguns lacaios alados recolhendo os corpos pisoteados e voando com eles. Imaginou se aquelas vítimas se tornariam parte da torre que estava prestes a entrar. Dentre os corpos carregados, havia um envolto de trapos que pareciam asas. Comparado aos demais habitantes daquele domínio, o homem se considerou com um pouco mais de sorte.

* MASMORRAS *

Como o prazer era algo inalcançável para seus prisioneiros, Leviatã não deixou seu novo servo ciente de um cômodo bem peculiar em seu domínio. Somente a rainha e seus convidados possuíam acesso ao canto mais secreto daquelas ruínas. Apreciando esta tranquilidade e o poder de seus segredos, Leviatã repousava no seu divã favorito, na biblioteca. Em mãos, empunhava o calhamaço e, mesmo na penumbra dos archotes, lia com facilidade. Os cabelos serpenteavam em tons de laranja. O brilho de seus olhos percorria as páginas até que foi imperdoavelmente perturbada. Ouviu batidas na porta e, após ranger os dentes, abriu a boca.

— Santinho! — ela gritou. — Quantas vezes preciso dizer que não quero ser incomodada enquanto leio?

— Nem por mim? — A voz veio do outro lado da parede.

— Ah, você é a única que possui este direito! Entre, querida.

O servo empurrou a porta e se afastou. Baal adentrou o recinto e caminhou vagarosamente por entre as inúmeras pilhas de livros até se aproximar do divã. Olhou ao redor e reparou nas estantes, estátuas e na mesa de chá com as cadeiras perfeitamente espaçadas. Sentindo-se má por afligir imensa bagunça a tal harmonia, puxou uma cadeira e se sentou.

— A que devo o prazer, Baal? — questionou, posicionando o livro sobre o colo.

— O prazer é todo meu, Leviatã — respondeu a visitante —, mas infelizmente não venho tratar de um assunto agradável. Venho por causa de Samael.

Leviatã desviou o olhar, cruzou as mãos sobre o livro e suspirou. A luz ocular foi deixando de lado o azul e assumindo o verde.

— Prefiro discutir assuntos mais sérios de barriga cheia. — Leviatã virou o rosto para outro lado, evitando assim a idosa. — Podemos almoçar enquanto tratamos de negócios?

— Às vezes eu fico assustada com o quão fria você pode ser! — Baal soltou risinhos. — Desculpe, mas recuso sua oferta! Sei muito bem o que guarda embaixo daquela mesa de jantar!

As unhas de Leviatã se afundaram no couro do livro, rangeu novamente os dentes.

O SILÊNCIO DO VENENO

— Calma, querida. — A idosa levantou as mãos. — Como eu sei não é segredo para você, mas pode ficar tranquila, fora daqui somente eu conheço seus segredos. Não contei a ninguém exatamente o que aconteceu com Zebub.

— Baal — a luz voltou ao tradicional azul —, por que você fechou os olhos? Eu não suportaria a eternidade sem você! Deveria ter me procurando antes!

— Foi um risco que precisei correr, por nós! Samael veio ao meu reino cheio de perguntas e pesares, você tinha que ver como ele está horrível! Está por um fio que pode arrebentar a qualquer momento! Ele está desesperado, Leviatã! Perdeu a compostura e agiu como uma criança mimada perante a mim!

— Que deselegante. — Leviatã tentou, sem sucesso, disfarçar o sorriso de satisfação. — Sinto muito que ele a tenha tratado mal... logo você, a quem ele deve tanto!

— Não passa de um cãozinho que morde a mão de quem o alimenta.

— Verdade. — A rainha do domínio sacudiu a cabeça, olhando Baal com compaixão. — Em que posso ajudar?

— Ah, menina. Estou tão cansada! — A idosa se recostou na cadeira, encarando o teto. — Não aguento mais comer essa carne, mesmo com toda a magia para disfarçar o gosto e a aparência... ainda sinto, bem lá no fundo, o sabor original. Não é nada proveitoso mastigar a carne que os diabretes trazem dos cemitérios, por melhor que seja a textura.

— Ouvi falar que Azazel consegue transformar em vários tipos de corte. Até em galinha, porco e peixe.

— Ela sempre foi muito talentosa nas transformações — reconheceu Baal. — Mas até onde sei, passou a receita para seus lacaios, agora ela só se senta ao trono e julga os dotes dos subalternos. Enfim, aceito um chá, caso você não tenha, trouxe o meu.

— Claro, depois continuo minha leitura. — A rainha do domínio se levantou e cuidadosamente deixou o livro sobre o divã, utilizou uma pena branca com manchas azuis como marcador.

— O que está lendo? — Baal, também se levantando, perguntou.

— É um livro sobre um homem em busca de vingança — Leviatã respondeu, distraída.

— Ah, que original. Falando em homem, onde está seu novo servo? Não o vi quando entrei.

— Em uma missão diplomática — a mulher dos cabelos coloridos suspirou —, mas não viu isso quando fechou os olhos da última vez?

— Vi, sim — a idosa sorriu, marota —, só queria ouvir como contaria que encomendou um assassinato. Gostei da resposta.

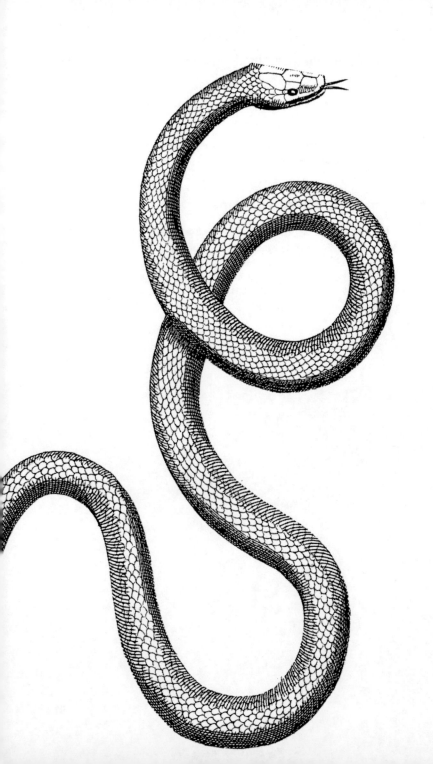

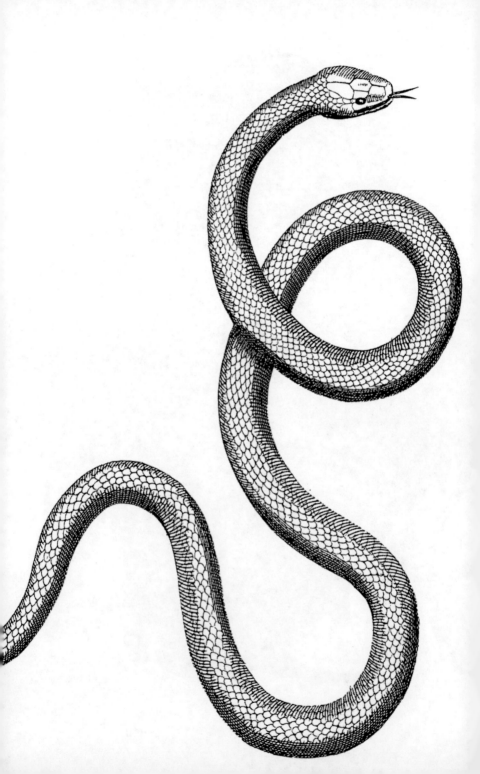

CAPÍTULO VII A MUI SORRIDENTE

POIS O SORRISO QUE NÃO MOSTRA OS DENTES SEGURA
O VENENO.

TORRE

O interior da torre era sombrio. Das paredes, emanavam braços e pernas, alguns dos membros estavam em estado precário, com chagas, quebrados e até retorcidos. A visão fez com que o mortal, que ainda segurava o pedaço de madeira entre as mãos atadas, tremesse dos pés à cabeça. Dentro da construção, no primeiro andar, havia um grande espaço vazio, sem móveis ou decorações. No centro do teto, que comportava um pé direito de aproximados cinco metros, havia um gigante buraco circular, o qual conectava-se ao segundo andar. Quando se aproximou do centro da torre, o homem pôde notar que havia outras dezenas de buracos conectando um andar ao outro, mas não encontrou qualquer sinal de escadas. A falta dos degraus tornava impossível trafegar entre os níveis, isso a menos que o indivíduo possuísse asas.

O primeiro sentimento do mortal, vislumbrando o domínio de Azazel, foi algo próximo a intimidação. Ele notou como os anjos subiam e desciam por entre os andares, sempre de forma graciosa e silenciosa. Entre os gemidos daqueles malditos presos às paredes, o bater de asas pouco se destacava. O olhar arregalado do mantenedor de sofrimentos encontrou o feroz da rainha. Ela se aproximou do homem e deu a volta, posicionando-se atrás dele. Sem dizer nada, veio novamente o toque, o abraço firme e apertado, outra vez os pés se distanciaram do chão enquanto as asas se debatiam contra o ar. O humano perdeu as contas, não soube dizer exatamente quantos andares subiu e, antes que pudesse refletir sobre o assunto, novamente estava pisando sobre a superfície. O local era iluminado por estranhos cogumelos azulados, os quais baforavam esporos

O SILÊNCIO DO VENENO

brilhantes como estrelas no ambiente, deixando todos os contrastes do cômodo e seus móveis bem visíveis.

Circular, com chão e teto de madeira, aquela parecia a sala de jantar. Acompanhando o buraco, mas ainda distante das paredes com membros, havia a mesa que se alongava em volta da entrada no chão. Formava um semicírculo de cumaru rodeado por cadeiras bem esculpidas de mesmo material. Todos os móveis eram enormes, adaptados ao tamanho dos anjos, sendo que o trono, que ocupava o espaço oposto à mesa, parecia ter sido feito sob medida para a rainha. Azazel, aparentando imenso cansaço e má vontade, arrastou-se para o assento e se jogou. Posicionou o pulso sobre o queixo e encarou o mantenedor, o qual parecia avulso, sem saber como deveria se portar naquela situação.

— Sinto cheiro de silêncio — disse Azazel, estalando a língua. — Vejo marcas pelo seu corpo, dor em todo seu ser... Sua alma deveria estar em frangalhos! Azar o seu que não se lembra da vida terrena, caso contrário a culpa já teria o consumido. Há males que vêm para o bem, não é? Pelo tanto que sofreu, não duvido que talvez sua pena já estivesse no fim.

O anjo que segurava a caixa subiu voando pelo buraco, para então pousar ao lado do mortal. Ele se ajoelhou em direção ao trono, com imenso respeito, erguendo o que trazia à frente do corpo, como se fosse uma oferenda à sua mestra.

— Limpe a caixa — ordenou a mulher alada, com um sorriso fechado — e deixe-a sobre a mesa. Agora prepare meu banho, sinto que meus braços fedem por culpa do Piolho. E prepare um banho para ele também, assim como vestes novas. Serei hospitaleira, pois estou de bom humor. Ele mal chegou e já me ajudou a atormentar ainda mais os invejosos.

Sem delongas, o anjo se ergueu, firmou a caixa sobre o braço direito, segurou o homem com o esquerdo e voou em direção ao teto. Subiu por dois andares e pousou com enorme maestria sobre o assoalho úmido. O humano foi despido e, mesmo sofrendo pela vergonha de ser exposto daquela forma, não conseguiu resistir enquanto seus trapos podres e imundos eram rasgados como se fossem de papel. O anjo lhe tomou todo o

96

pano, deixando somente as amarras que ainda apertavam os pulsos do mortal. O pedaço de madeira umedecida foi atirado pelo buraco do chão, como se não valesse nada. Após retirar a atadura improvisada na mão direita do hóspede, esboçou uma expressão de espanto. Depois, controlando os próprios sentimentos e assumindo a expressão de seriedade, levou o homem até uma banheira e o auxiliou a entrar e se deitar.

Nu, vulnerável e assustado, o mortal se perguntava até quando teria de tolerar aquela situação. Observou o ajudante de Azazel se afastar e dar de ombros. Sozinho, o mantenedor de sofrimentos imaginou se demoraria a voltar para a masmorra e assim reencontrar Leviatã, da qual já sentia uma imensa saudade. Enquanto se lembrava daqueles olhos brilhantes, notou que o anjo se aproximava, carregando sobre o ombro, com imensa facilidade, uma bacia de madeira que transbordava água fumegante. Sem aviso prévio, ele despejou o líquido na banheira ocupada pelo mortal, o qual urrou de dor no primeiro contato com o conteúdo da bacia. Ele se debateu e tentou se levantar, mas o anjo o segurou com os dedos e foi como se pequenas barras de ferro, pesadas como elefantes, mantivessem seu corpo submerso. A água parecia atravessar sua pele, se alastrar por entre os músculos e envolver cada órgão. A sensação foi como se cacos de vidro estivessem misturados em uma solução de álcool e sal. Quando as lágrimas começaram a se misturar com o banho, o mortal foi retirado da banheira feito um brinquedo.

O mantenedor de sofrimentos abaixou os braços atados para cobrir a vergonha. Batia o queixo e choramingava, a cabeça tremia e o rosto se contorcia em uma expressão de dor e medo. O anjo lhe estendeu a mão, mas o mortal se afastou, horrorizado por ter sido molestado daquela forma. Escorregou no chão úmido e, caso não fosse seu protetor, teria batido a cabeça na banheira.

— Alegre-se — disse o lacaio em uma voz angelical, ajudando-o a permanecer em pé —, não percebe que está curado?

Com dificuldade, o homem abriu os olhos, vendo que a queimadura em sua mão direita desaparecera, assim como toda a dor que carregava.

O SILÊNCIO DO VENENO

— Não me repudie mais. — O anjo retirou as amarras, dessa vez não houve qualquer ação por parte do mortal. — Deixe-me limpar as sujeiras que trouxe consigo, temos tempo até que lhe tragam vestes novas. Mas ande logo e não resista, Azazel não é conhecida pela paciência. E eu tampouco por tolerar grosserias.

Enquanto a toalha branca e macia era passada pelas costas do homem, a mulher alada surgiu pelo buraco no chão e voou até o teto para, graciosamente, pousar já no interior de uma das banheiras mais reservadas. Despiu-se coberta pelo vapor que preguiçosamente se alastrava pelo cômodo. O mortal, em um movimento inconsequente, tentou espiar, mas somente se deparou com o olhar reprovador do anjo.

— Sejamos respeitosos, Piolho — disse o lacaio de forma severa. — Ainda estou decidindo se guardo ou não o segredo que trouxe abaixo daquela atadura. É fácil para mim distinguir entre uma queimadura causada por fogo comum e outra por fogo de diabrete. E nenhuma daquelas criaturas ataca sem motivo. E magoar um daqueles lacaios é o mesmo que atacar Samael. Não me ajude a optar por um veredito prejudicial à sua pessoa.

O corpo do mortal, que estava devidamente envergonhado, foi seco e trajado com a mais bela e leve toga, a qual ficou grande demais para seu corpo franzino, mas que não o atrapalhou de ser levado novamente para o andar da sala de jantar. Enquanto a rainha do domínio se banhava, o visitante foi carregado no colo pelo anjo. Desta vez o lacaio alado segurou o hóspede desta forma, talvez porque agora o fardo estava limpo. O mortal correu os olhos pelo anjo, a criatura deveria ter cerca de dois metros e meio, a pele era da cor de cobre e olhos em um profundo negro com pupilas brancas. Vestia-se com uma toga de cor carmim com detalhes roxos. O rosto da criatura era quase quadrado, o delineado do queixo sem pelos demonstrava como os dentes estavam rijos. As penas, brancas com pequenas manchas azuis, pareciam brilhar por entre os esporos brilhantes, algo que poderia ser considerado belo entre tanta desgraça. Como uma flor no inferno.

98

Durante a descida, o mortal refletiu sobre a dualidade daquele lugar. Como era possível a existência de tais criaturas belas como Leviatã e os Anjos e, em contrapartida, seres abomináveis como os diabretes, aranhas e o falso corcunda?

O mortal foi cuidadosamente devolvido ao chão e, com um toque suave nas costas, acompanhado até uma das cadeiras, em que se sentou. Sentiu-se bobo uma vez que a mesa ultrapassava a altura de seu nariz. Os demais anjos se sentaram, de forma pouco confortável, deixando claro que a mesa e todas as cadeiras foram projetadas sob medida para o tamanho de Azazel. Como os demais lacaios eram menores, mantinha-se um momento de estranheza. Todos ficaram em silêncio, mas não tardou para que a rainha daquele domínio se apresentasse. O humano pensou se haveria algum tipo de celebração no jantar, mas desde o início de sua estadia, não viu nenhum instrumento. Foi então que pensou se não haveria música no submundo. Lembrou-se de que também não viu um quadro ou livro sequer. Talvez no inferno qualquer tipo de arte fosse proibido aos condenados.

A mulher alada desceu pelo buraco no teto, as grandes asas brancas pareciam brilhar por entre os esporos. A pele cor de bronze estava coberta por uma toga lilás, que tremeluzia como a mais fina seda enquanto a dama descia pelo ar. Em magistral habilidade ela pousou, com a ponta dos pés, próxima ao trono. Assim que se acomodou no assento, estalou os dedos e quatro lacaios se ergueram da mesa e foram em direção à líder. Era notável o esforço nos rostos dos subalternos. Ergueram e carregaram o assento ocupado até a mesa, onde posicionaram a rainha do domínio com imensa cautela e precisão. De pernas cruzadas, com a mão direita escorando o queixo, Azazel aguardou pela refeição.

Dezenas de lacaios vieram, todos caminhando com imensa elegância, togas coloridas desfilavam pelo salão de jantar enquanto pratos eram distribuídos e a refeição, servida. O humano acompanhou com os olhos aquela alegoria de cores, as quais faziam os cabelos da donzela das masmorras lhe voltarem à memória. Para alcançar os talheres, o mortal precisou se ajoelhar sobre a cadeira e permanecer assim para poder se

O SILÊNCIO DO VENENO

alimentar. Ele se perguntou qual seria a possibilidade de se deliciar novamente com aquela carne que experimentou no domínio de Leviatã. Novamente sentiu saudades das masmorras. Quando servido, o mortal percebeu que seu prato estava vazio. Desapontado, olhou ao redor e notou que todos os anjos permaneciam imóveis e, assim como seu prato, todos os outros estavam desprovidos de alimento. O cheiro de comida, irresistível aos famintos, emanava somente do local de honra da mesa. Azazel possuía uma montanha de suculentos bifes, peixes, pedaços de frango e pernis nas bandejas à sua frente. Primeiramente ela pegou um dos bifes, mordiscou e, após fazer uma careta, arremessou a carne sobre a mesa, a qual aterrissou sobre a madeira, borrifando a solução de mioglobina nos anjos próximos. De forma educada e silenciosa, os dois servos mais próximos do local se inclinaram e analisaram qual assento se aproximava mais do bife. Uma vez confirmado que seria o lacaio à direita da rainha, este recolheu o bife com os talheres, colocou-o sobre o prato e deu início ao próprio jantar.

O ato bizarro se repetiu. Azazel mordicava, arremessava o resto sobre a mesa e o lacaio mais sortudo se alimentava. Vez ou outra o sabor do corte agradava a rainha e ela o devorava por inteiro, causando comoção em seus súditos. Aguardando sua vez com uma singela esperança de que ela chegaria, o mortal olhou em volta e contou os lacaios cabisbaixos. Havia trinta no total, quinze de um lado e a mesma quantia do outro. Deste montante, somente dez se alimentavam, o restante aguardava ter a sorte de uma sobra. De repente, uma coxa de frango arremessada acertou em cheio o prato do lacaio sentado ao lado do mortal. O anjo sorriu e começou a comer, deliciando-se com cada pedaço da refeição. A barriga do mortal roncou, ele se perguntou quando poderia comer, mas para seu desespero restavam poucos pedaços no prato da rainha. Questionou então quanto tempo levaria para não conseguir se mexer mais devido à fome, uma vez que morrer estava fora de questão.

Novamente outro arremesso, desta vez um pedaço de pernil. A carne rodopiou pelo ar em direção ao mortal e ele arregalou os olhos, torcendo para que a comida caísse perto. Pensou em ficar em pé na cadeira, levantar o prato e assim interceder a trajetória, mas se envergonhou do pensamento, visto que em momento algum alguém naquela mesa tentou trapacear. A respiração do mortal ficou ofegante e então, para sua surpresa, a carne caiu bem à sua frente! Ele se ergueu, tencionando calcular se ele ou o anjo à sua frente seria o merecedor daquela refeição. O desânimo voltou à sua mente ao notar que, por questão de poucos centímetros, a carne estava mais próxima do prato de seu vizinho frontal.

O humano voltou a se ajoelhar na cadeira, virou o rosto e, para seu desespero faminto, o prato de Azazel estava vazio.

— Bem no meio — soou a voz já conhecida.

Surpreso, o mortal viu o anjo à sua frente, o mesmo que lhe banhou, dividindo o pernil em dois pedaços iguais e lhe entregando uma das metades. Com lágrimas de gratidão já brotando nos olhos, o humano aceitou de bom grado e, segurando a carne com as mãos, abocanhou e se deliciou com o alimento. Ele se lembrava muito bem da última refeição, os bifes mais suculentos que provou na masmorra, mas não havia noção alguma de quando aquilo havia acontecido. Ele permaneceu preso durante um dia, um mês, um século? Não sabia dizer. Pela fome que sentiu, parecia ter acontecido há uma eternidade. Enquanto mastigava, tentou contato visual com o anjo de toga carmim, em uma tentativa de agradecer, mas não conseguiu qualquer retorno visível.

Azazel limpou a boca com as costas da mão, para então limpar as costas da mão na toga do lacaio mais próximo. Depois estalou a língua e se espreguiçou.

— Levem o trono de volta para onde estava — ordenou a mulher alada, sem se mexer — e me tragam vinho e os chicotes.

Ligeiros foram os anjos menores. De forma metódica e organizada, os lacaios, um por um, levantaram-se da cadeira onde estavam, recolheram o próprio prato, vazio ou cheio, e desapareceram pelo buraco no centro do chão do cômodo. O anjo de toga carmim se dispôs a recolher o próprio prato e o do novo hóspede. O imprevisto era que o mortal ainda possuía um quarto do pedaço de pernil a ser devorado e, em movimen-

101

O SILÊNCIO DO VENENO

to involuntário, agarrou a carne com as unhas e mostrou os dentes para o lacaio. Antes que rosnasse como um cão, levou uma bofetada no rosto que, tamanha foi a força, o desnorteou fazendo-o cair da cadeira e se estatelar ao chão. Risadas ecoaram pelo salão de jantar, sendo a mais proeminente pertencente à rainha do domínio.

Enquanto o mortal se recuperava do tapa, ficando de bruços com tonturas, os anjos emergiram do buraco novamente, agora cada um portava um chicote enrolado. Diferente dos demais, um lacaio de toga verde trouxe consigo, além da arma, uma taça de vinho e a entregou nas mãos de Azazel.

— Quem se prontifica? — A voz, em tom tirânico, fez com que todos os lacaios ainda no ar pousassem de imediato.

Tirando o mortal que ainda permanecia caído, todos os demais estavam ajoelhados. Em meio aos homens alados, o anjo de toga carmim ergueu a mão. Notava-se certa relutância no movimento, os demais lacaios ficaram surpresos e houve um pequeno murmúrio, o qual durou até a voz de Azazel novamente ser ouvida.

— Obrigada, Dimas. Que surpresa, você tem tanto orgulho de suas asas manchadas. Hoje, então, será sua vez.

O voluntário se ergueu, caminhou cabisbaixo até o trono e se ajoelhou novamente, desta vez de costas para a rainha do domínio. As asas de Dimas se esticaram para trás, Azazel ergueu o braço. Houve um gemido que se transformou em grito, lágrimas escorreram pelo rosto do lacaio quando um punhado de penas foi arrancado de uma forma rude e apática. As plumas, algumas salpicadas de sangue, estavam presas entre os dedos da mulher alada, a qual bebericou o vinho mais uma vez. Os demais anjos se levantaram, formaram uma fila em círculo ao redor do buraco no chão e se posicionaram para atacar. Cada um deles possuía olhos afiados e um chicote na mão. Dimas, ainda esboçando dor no rosto e a asa maculada semiaberta e torta, juntou-se ao grupo e preparou o chicote.

Azazel ficou de pé à frente do trono, bebericou o vinho e jogou as penas que tinha na mão para longe de si. Com um bater

102

de suas poderosas asas, as penas se dispersaram e rodopiaram pelo salão para as mais diversas direções. Algumas das plumas se aproximaram das paredes, indo em direção aos alvos. Os anjos ficaram atentos, observando cada movimento até que o inevitável aconteceu. Uma pena tocou uma perna suspensa na parede, depois caiu em direção à uma mão que, por estar ali há tempo demais sabia o que deveria fazer e sacudiu o pulso. Os gemidos vindos do lado de fora das paredes se intensificaram, ficou claro ouvir os gritos "Penas! Penas!". Mãos menos experientes, que estavam ali há pouco tempo, não resistiram à tentação e, quando uma das plumas lhe roçou os dedos, agarrou-a como se a vida dependesse disso. Naquele momento se ouviu o primeiro, mas não último, estalar de um chicote.

Os golpes dos anjos eram tão certeiros como fortes. Algumas chibatadas eram poderosas o suficiente para serem capazes de quebrar dedos e arrancar faixas de peles. A cena horrível perdurou por longos minutos. Mãos ou pés dos prisioneiros nas paredes que conseguiam agarrar uma das penas eram violentamente açoitados de forma cruel. Os gritos não pararam até que a última pena alcançasse o assoalho e, quando isso ocorreu, Azazel sacudiu as asas e as plumas voltaram para o ar. A rainha do domínio riu a cada estalo de chicote e ossos, terminou o vinho um pouco depois da última chibatada e se deu por satisfeita.

— Ótimo. — A mulher alada, sentada sobre o trono, expressou um semblante sério. — Agora podemos falar de negócios. Piolho, apresente-se!

O mortal se forçou a ficar em pé, ainda zonzo, sentiu o estômago embrulhado. Pensou se o "presente" recebido por sua rainha estava ainda no interior de sua barriga e, de alguma forma, iria protegê-lo. Ele cambaleou até o trono e caiu de joelhos, não intencionalmente. Ele abaixou a cabeça, ainda com a mão sobre o lado da face que levou o golpe.

— Vejo que Leviatã o ensinou a se ajoelhar. — O sorriso de Azazel era malicioso. — Onde está a caixa que trouxe?

— Aqui está, rainha do domínio. — O anjo de toga carmim surgiu. — Eu a guardei comigo na mesa de jantar.

O SILÊNCIO DO VENENO

Dimas, que nesse meio tempo trouxe a caixa de madeira, a apresentou à sua líder. Azazel estendeu a mão e recebeu o item, abriu-o com cautela, sem aproximar a caixa do próprio rosto e ergueu uma sobrancelha.

— Piolho — disse a mulher alada —, foi a Leviatã em pessoa que lhe pediu para me entregar isso?

O mortal assentiu.

— Você a abriu nesse meio tempo em que ela te deu e eu a tomei de você?

O mortal negou.

— Pois bem — continuou Azazel. — Dimas, por favor, leve esse verme para a sala de tortura.

Os olhos do homem se arregalaram, a boca se abriu e ele temeu. Olhou para os lados em busca de qualquer auxílio, mas só recebeu os dedos firmes de Dimas sobre seus braços. Enquanto era arrastado pelo anjo, que exibia dificuldade em caminhar com a asa machucada, ele notou algo que lhe causou um misto de terror e confusão. Azazel jogou a caixa para o chão, o objeto caiu perante o trono e seu interior foi revelado: estava vazia!

Dimas, com certa dificuldade, arrastou o mortal até a borda do buraco no chão e se jogou sem qualquer tipo de hesitação. O homem tentou gritar, mas nenhum som lhe deixou a boca além de um fraco gemido.

* SALA DE TORTURA *

Caíram por três andares até que o lacaio, com uma força impressionante, se agarrou ao assoalho e gangorreou de forma a parecer um pêndulo ainda segurando o mortal por um dos braços. Naquele momento o humano acreditou que seu ombro descolaria do corpo. Ambos caíram de forma desajeitada sobre o piso. Dimas, ajoelhado, estava ofegante e parecia exausto. O mantenedor se sentou sobre o chão e massageou o braço.

Aquele andar, assim como os demais, era ornamentado por braços e pernas proeminentes de todos os lados. Pelo chão estavam espalhadas diversas adagas, peças de metal, canos e arames. Tudo ali, ao contrário do salão de jantar e da sala de banhos, era imundo e o cheiro férreo de sangue emanava de todos os lados. Dimas, aparentando esforço em seus movimentos, aproximou-se do humano e, encostando a mão sobre o peito dele, empurrou-o com imensa força. O corpo do condenado foi arremessado através do cômodo e, com grande desespero, foi agarrado. Braços e pernas suspensos nas paredes enroscaram-se pelo corpo do mortal, o qual tentou se libertar, mas não conseguiu fazer nada além de ser capturado como uma mosca que pousa na teia de aranha.

— Escute bem, mortal! — Dimas estava horrível, sua pele se tornou pálida e os lábios estavam azuis, ele tremia e parecia se esforçar para manter os olhos abertos. — A qualquer momento nossa rainha chegará, negue qualquer acusação, ouviu? Caso contrário, uma guerra ocorrerá!

O anjo de toga carmim tentou ficar em pé, mas seus joelhos cederam e ele caiu de lado. Gemeu de forma deplorável e se sentou, as mãos estavam firmes sobre o estômago. Ele levantou o rosto e fechou os olhos. O mortal lutava contra os braços e pernas que o mantinham preso, mas cada esforço era inútil. Não tardou para a grande sombra se deitar sobre a dupla. Azazel veio e pousou, recolheu as grandes asas e olhou para os lados. Ela trazia a caixa em uma das mãos.

— Ai de você, Dimas! — disse a rainha do domínio, balançando a cabeça. — Se perder poucas penas lhe causa tamanho incômodo, deixe a diversão para os mais jovens.

— Como quiser, suprema.

— Já conseguiu arrancar algo do mortal, meu anjo?

— Nada ainda, soberana.

Azazel umedeceu os lábios com a língua, então seus olhos encararam o mortal, que, em um movimento involuntário, gemeu de medo. A mulher alada se aproximou do prisioneiro e

O SILÊNCIO DO VENENO

deixou a caixa sobre uma pilha de serras enferrujadas. Deu dois passos e parou, pareceu hesitar e virou o rosto para o lacaio.

— Dimas — ela farejou —, por acaso Zebub veio ao meu domínio e eu não fui avisada?

— Impossível, minha...

Sem conseguir completar a frase, o anjo de toga carmim caiu de lado com as mãos envoltas no próprio pescoço. Ele aparentava estar sufocando, a face ficou arroxeada e as unhas cravaram na pele. Azazel se aproximou de imediato e o acolheu, segurando os braços do lacaio e os abrindo. Dimas abriu a boca e, por entre seus dentes, escorreu a fumaça pesada a que os presentes já estavam acostumados.

— Ectoplasma... — Azazel disse, surpresa.

Em seguida ela arrancou a toga carmim do lacaio e viu, para seu horror, que sob a pele já pálida havia algo rastejando. A rainha do domínio ergueu, com enorme facilidade, o corpo de Dimas e o entregou para a parede. Os braços e pernas suspensos abraçaram o anjo, mas evitaram as asas. Azazel arrancou uma de suas próprias penas e sibilou para ela palavras antigas como aquele próprio domínio. A pena, do tamanho de um braço, reluziu feito prata e assumiu o tom característico do metal. Usando a pluma como espada, Azazel abriu um corte no abdômen de Dimas, o qual urrou de dor. Com grande cautela, a mulher alada enfiou a mão pela ferida do lacaio e, do interior daquele corpo, arrancou algo que não queria sair. O parasita era branco, possuía escamas e emanava ectoplasma pelas ventas.

— Cobra! — Azazel disse, entredentes, antes de jogar o animal para o alto e o cortar em dois.

O parasita caiu ao chão, estava manchado de sangue, assim como o pulso da mulher alada. Ectoplasma escorria pela boca e áreas cortadas da criatura. A coisa se debateu enquanto definhava, diminuindo e afinando até que se tornou outra coisa. Lágrimas escorreram pelo rosto de Azazel quando ela reconheceu o velho charuto branco.

— Não creio! — Azazel berrou, virando-se para o mortal.

106

— Leviatã matou Zebub?

Sem receber qualquer tipo de confirmação, a rainha do domínio bateu as asas e caiu sobre o mortal.

— Filhos! — Não demorou para que dezenas de lacaios surgissem dos buracos e pousassem próximos à sua mestra, todos choraram pelo estado de Dimas. — Levem o irmão de vocês para a banheira! Não vai ajudar com o veneno, mas curará suas feridas!

A ordem foi devidamente acatada enquanto a rainha segurava a cabeça do mortal com imensa ferocidade, sujando a face do mantenedor com a palma pegajosa. Alguns anjos, dos quais a ajuda foi desnecessária, permaneceram no local, mas logo foram embora, sabendo que era melhor manter distância da mãe naquele estado.

— Era isso que havia na caixa, não? — deduziu a rainha. — O presente era uma sentença de morte! Ela jogou um feitiço de transformação sobre o charuto para que atacasse quem abrisse o pacote, não é?! Ela pensou em tudo, até o cheiro ela disfarçou! Ah, pobre Dimas, foi envenenado, mas decidiu aguentar a dor para evitar uma tragédia! Até ofereceu as penas para que eu pensasse que isso seria o motivo da palidez. Pobre idiota, não imaginou como Leviatã é baixa e suja! Mas eu a conheço tão bem quanto conheço Dimas, estou certa, não? Ele não queria represália, arcaria com o preço a pagar e, caso sobrevivesse ao martírio, se vingaria sozinho pelo atentado! Meu maior erro foi não ter ensinado meus filhos a temerem os meus semelhantes!

O mortal, chorando, sentiu-se revoltado pelas palavras depreciativas sobre a donzela, mas o medo que sentia pela mulher alada não o deixou reagir de forma alguma. Azazel cravou a espada de pluma no chão e segurou os cabelos do mortal, fazendo-o erguer o queixo.

— Eu sinto o fedor do seu amor por ela. Ainda assim você me teme menos do que ama a víbora, não? — Azazel rangia os dentes, estava terrivelmente nervosa. — Mas saiba que ela te fez de idiota esse tempo todo, aposto que fez joguinhos, olha só, ela nem lhe devolveu a fala! Oh, vejo como seus olhos oscilaram, você nem sabia que o silêncio que você tomou pode ser retirado? É tão fácil para uma rainha de domínio fazer isso, mesmo assim ela decidiu te torturar esse tempo todo! Ah, não acredita em mim? Veja bem, aquele líquido se tornou uma pequena pérola que fica presa no seu estômago, só preciso tirar ela de lá e pronto, sua voz volta ao normal.

O mortal não acreditou naquilo. Por várias vezes Leviatã falou como desejava que ele pudesse voltar a falar, mas era impossível. O homem acreditou que Azazel estava com um imenso ódio e, por isso, inventou aquilo.

— Deixe-me lhe provar! — gritou a mulher alada, como se tivesse lido os pensamentos do condenado. — Pois o farei voltar a falar e assim o torturarei por eras, se necessário. Deveria ser impossível matar um de nós, mas a desgraçada conseguiu, não? Zebub nunca se afastaria do seu charuto! Ela descobriu um modo e você vai me contar cada detalhe!

Azazel retirou a espada do chão.

— E depois que eu descobrir como, vou logo colocar em prática! A cabeça daquela cobra há de rolar!

Foi um corte certeiro no diafragma do mortal, o qual gemeu e, após sentir a mão de Azazel invadir sua barriga, desmaiou. A mulher alada remexeu o interior do estômago daquele homem até que rangeu os dentes e recolheu a mão. Presa aos dedos da rainha do domínio, havia uma cobra vermelha como sangue.

— Duas caixas, afinal — grunhiu a mulher, arrancando o réptil de seu pulso e o jogando ao chão.

Azazel levou os dedos aos cabelos, cambaleou e se sentou sobre uma pilha de caixotes.

— Esse veneno não é nada para mim — resmungou a rainha, sentindo as forças deixarem-lhe o corpo. — Só preciso de um minuto para me recuperar...

Ela olhou para baixo e, para seu espanto, viu uma grande lâmina prateada lhe atravessando o abdômen. O golpe veio de trás. Azazel tentou virar o rosto, mas caiu ao chão vendo que, no local onde havia descartado a cobra vermelha, havia um alçapão. A cobra se transformou em porta, a passagem estava aberta e agora por ela voltava um homenzinho corcunda. O lacaio de Leviatã usou uma grande espada para cortar os braços e pernas que estavam prendendo seu companheiro. A última visão de Azazel foi contemplar, durante seu último suspiro, o homenzinho levar seu prisioneiro de volta pela porta e desaparecer de seu domínio.

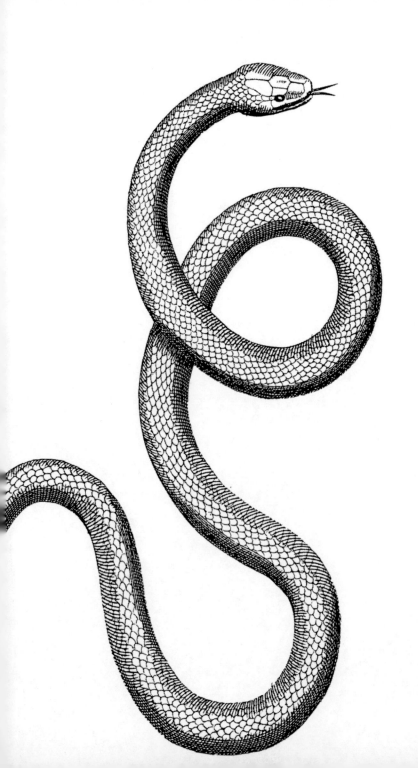

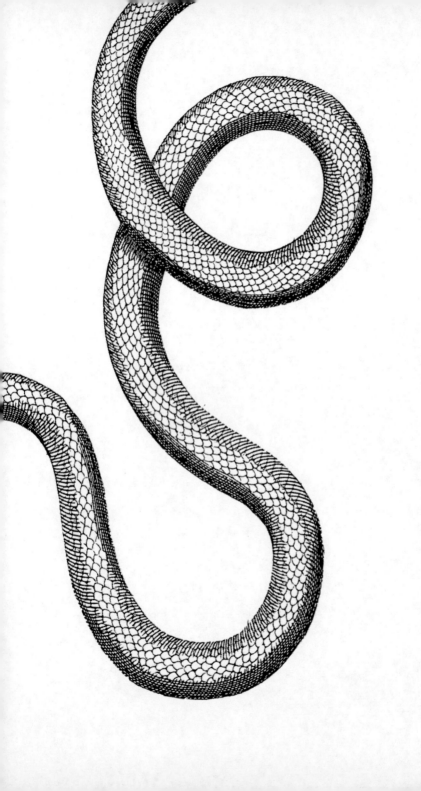

CAPÍTULO VIII O MUI MEMORÁVEL

POIS HÁ CERTAS COISAS QUE SÃO INESQUECÍVEIS COMO TRAUMAS.

* MASMORRAS *

Encoleirado feito um cão. Foi a sensação que o mortal teve ao despertar. Assim que abriu os olhos se deparou com a escuridão e, em seu abdômen, sentiu a pior das dores. Com calma, ele levantou os braços, constatando que ataduras lhe envolviam a barriga, as amarras estavam úmidas e pegajosas. Gemeu de dor e quase de imediato sentiu um toque áspero, mas gentil, sobre o braço. Ficou feliz em saber que não estava sozinho. Por um minuto, imaginou que seria sua donzela o confortando, mas o pensamento não perdurou, naquela palma havia calos demais, sangue demais. Assim que sua visão se adaptou ao breu, notou o contorno de seu salvador. Santinho, sentado ao lado da cama, parecia tentar acalmar os sentidos do paciente por meio de um inabalável semblante que transbordava compaixão.

Assim que o pensamento de ter voltado para a masmorra o atingiu, o homem virou o rosto e tentou, sem sucesso, buscar por Leviatã. Como ela não estava no quarto, seria possível que estivesse então mantendo a vigília, como sempre fazia. Em uma tentativa lamentável, o mortal se ergueu à procura da sombra abaixo da porta, mas a dor foi tamanha que recuou do ato e sentiu tonturas. Fraco e febril, o mortal voltou a gemer. Debilitado, o melhor que conseguiu fazer foi mover o rosto para o lado e assim observar o servo acender os archotes. O mortal reconheceu os móveis quebrados; a não ser pela cadeira retirada da mesa de jantar, nada havia mudado em seu quarto.

O fogo, distribuído em três flâmulas, iluminou o aposento bem o suficiente para o objetivo do servo. Ele bamboleou para o corredor, mas não tardou a voltar com a caixa branca. A mes-

O SILÊNCIO DO VENENO

ma caixa que serviu de armadilha para os diabretes. Entristecido, achando que seria obrigado a trabalhar naquelas condições, o mortal sacudiu a cabeça. Tentou dizer com o olhar que era impossível realizar tal serviço, mas o lacaio foi insistente e, após deixar a caixa sobre a cadeira, segurou os ombros do mortal. A cena foi tão dolorosa como demorada, o cuidador forçou o enfermo a se sentar sobre a cama. Após muitos gemidos, tapas e xingamentos mentais, o mortal estava na posição que Santinho pretendia, com as costas recostadas à parede fria e, sobre as pernas, a caixa branca.

O criado sinalizou para que o paciente abrisse a pequena arca. O mortal afastou um pouco o rosto e, com imensa cautela, levantou um pouco a tampa. Como não viu asas, rabo ou fogo escapulir pela abertura, prosseguiu com a tarefa. Para sua surpresa, no interior da caixa havia seis cartas. Como era sabido, os envelopes eram entregues um por dia. Assim sendo, como não acreditava ter ficado mais de um dia no domínio de Azazel, era bem provável que tivesse dormido por todo aquele tempo enquanto se recuperava do ferimento. Tal pensamento, de ter ficado tanto tempo sem poder servir à rainha da masmorra, causou-lhe imenso mal-estar. Subitamente, o mortal foi acometido por uma tosse forte e sangrenta. Manchas rubras alcançaram os envelopes e a caixa antes que o sujeito conseguisse cobrir a boca com a palma.

Os olhos tristes do homem buscaram por consolo no rosto cinzento do lacaio, mas este somente desviou o olhar e se voltou para o corredor, deixou o cômodo e fechou a porta atrás de si. Pela fresta da porta, o humano pôde ver que havia uma sombra. Pela primeira vez ele se questionou se aquela penumbra, durante todo o tempo, pertencera ao servo. Afastando qualquer pensamento sobre a falta da donzela, ele retirou o primeiro envelope da caixa. Teve cuidado para não borrar e espalhar as gotas de sangue sobre o papel. Abriu o invólucro parcialmente e espiou a data, tencionando iniciar a leitura pela escrita mais antiga. Após abrir todos os seis, encontrou o que procurava, tentou se acomodar sobre a cama, mas a dor pouco permitiu uma posição mais confortável. Abriu a carta e iniciou a leitura.

114

04 DE DEZEMBRO,

Filho amado, fruto de meu ventre,

Sabe que eu não gosto de fofoca, mas ouvi por aí que seu pai foi rude com uma moça na agência dos correios. Pelo que fiquei sabendo, ele ficou irritado sem motivo e, no meio da confusão, ficou agressivo. Uma moça, que estava distraída e não tinha nada a ver com a história, recebeu uma bengalada na cabeça e foi encaminhada ao hospital de imediato, onde ainda está internada. Seu pai, por já ser de idade, foi acompanhado até em casa e, louvado seja Deus, a vítima preferiu não prestar queixa. Fiquei assustadíssima ao ver seu pai saindo da viatura, estou preocupada com ele. Por favor, venha logo para casa, tenho certeza de que tudo ficará bem quando você voltar!

Beijo, beijo, sua mãe.

Naquele momento, veio à sua mente uma ruazinha de paralelepípedo, com gramas nascendo no meio-fio e uma árvore... sim, uma goiabeira no quintal! Ele não saberia dizer se a imagem era, de fato, uma lembrança ou uma imaginação qualquer gerada durante a leitura de textos anteriores. De qualquer forma, acreditou que, após todos aqueles dias, estava finalmente descobrindo quem era. Sua memória, ainda em frangalhos, piorou o péssimo pensamento que tinha sobre si. Um filho desnaturado que abandonou os pais, nada mais que isso.

Na tentativa de se concentrar, suspirou fundo e gemeu quando o ar lhe estufou o peito. Teria praguejado se pudesse falar. Ergueu o rosto e coçou o queixo, olhou para a porta e a sombra continuava lá. Ainda encarando a fresta iluminada, abriu a segunda carta.

05 DE DEZEMBRO,

Prezado filho,

Não sei o que sua mãe lhe contou na última carta, mas acredito que seja uma imensa mentira. Ela anda falando para as vizinhas que eu agredi uma moça na rua. Isso é uma calúnia sem fundamento nenhum! De qualquer forma, estou preocupado com sua mãe, não me lembro de ter visto a última vez que ela dormiu, assim como o último dia em que ela não chorou sentindo sua falta. Foi um verdadeiro drama quando eu joguei fora os bolinhos de chuva. Já havia ratos! Ratos! Pelo amor de Deus!

De qualquer forma, desculpe o importuno, só queria poder me defender de qualquer fofoca melodramática. Espero que volte logo, pelo bem de sua mãe.

Abraços, seu pai.

Outros fragmentos de memórias voltaram à sua mente. Desta vez, o sabor de bolinhos de chuva lhe alcançou a língua, fazendo-o salivar e o lembrando o quanto estava faminto. Decidido, continuou a ler.

07 DE DEZEMBRO,

Lindo filho amado,

Ontem fui ao hospital visitar a moça que seu pai, tão covardemente, agrediu. Confesso que fiquei insegura e acreditei não ser bem-vinda ao local, mas assim que encontrei aqueles olhos gentis abaixo das ataduras, senti uma comoção tão grande que chorei. Meus prantos e pedidos de desculpas foram notados. A moça, gentil como um anjo, disse que estava tudo bem e que não era culpa de ninguém. Ah! Que alma bondosa. O nome dela é Rosa, bem pudera, pois se

*trata de uma flor de pessoa. Ficarei de olho na recu-
peração dela e, caso não fique deformada por causa da cicatriz, falarei bem de você. Sinto que iriam
se apaixonar à primeira vista, tenho um ótimo sexto
sentido para essas coisas. Prevejo netinhos lindos.*

**Com meu amor (que é mais forte que qualquer
outro), sua mãe.**

Assim que terminou esta carta, outra já estava aberta para
a leitura.

05 DE DEZEMBRO,

Prezado filho,

*Já falei sobre isso e, como sabe bem, odeio ficar
repetindo o assunto. Você é um homem feito, viril,
formoso e inteligente. Sabe bem como nós sofremos
de saudade e que, desde outubro, não recebemos
qualquer notícia sua. Estamos preocupados, principalmente sua mãe, coitada. Sinto pena ao ver como
ela sofre por sua falta. Por favor, volte logo! Pensarei
em alguma forma de manter sua mãe ocupada até lá,
mas como não sou bom nessas coisas, achar algum
passatempo fica complicado. Irei ao centro da cidade
novamente, farei alguma pesquisa.*

*Peço que responda alguma das cartas, pode ser
com apenas uma ou duas palavras, não importa. Só
queremos saber se você está bem.*

Abraços, seu pai.

Finalmente um rosto veio à memória. Lembrou-se do pai!
Outra!

07 DE DEZEMBRO,

Filho amado do meu coração,

Não sei o que seu pai está aprontado, mas temo pela sanidade dele e minha segurança financeira. Outro dia ele trouxe um pacote fechado e, acreditando que eu não o vi chegar, guardou tudo no quartinho de ferramentas, tudo de forma muito suspeita. Não bisbilhotei o que era, pois não é de meu feitio, mas no dia seguinte ele trouxe ferramentas, o que me deixou desconfiada. Já temos tantas, a maioria eu nunca o vi usar, mas agora ele comprou ainda mais. Imaginei de onde ele tirou dinheiro para tudo aquilo, vou investigar. Até sonhei, na noite passada, que ele pregava todas as portas e janelas e me deixava presa aqui, sozinha.

A pior parte, de morrer dessa forma, seria nunca mais abraçá-lo. Volte assim que possível, preciso de você.

Com todo carinho, sua mãe.

Relembrou, assim que terminou de ler a penúltima carta, do rosto, voz e braços da mãe. Ela estava novamente viva em sua memória! Lembrou-se da sensação de estar em seu colo, do carinho e das lágrimas de felicidade. A última carta, o mortal leu aos prantos.

08 DE DEZEMBRO

Prezado filho,

Sua mãe está me dando nos nervos! Pensei que faria bem ela começar um passatempo como jardinagem, então comprei sementes, adubo, pás, ancinhos e tudo mais que se precisa para cuidar de um jardim.

Ontem fui preparar a surpresa e, para meu espanto, o cadeado do quartinho estava quebrado! De início acreditei ter sido um roubo, mas encontrei toda a tralha minutos depois quando fui à rua com a intenção de chamar a polícia. Todas as ferramentas estavam no latão de lixo! Não posso provar, mas tenho certeza de que foi obra de sua mãe! Afirmo isso porque encontrei adubo dentro de meu travesseiro. Não sei o que fazer mais, volte logo para casa e converse com ela, tenho certeza de que se as palavras saírem de sua boca, ela ouvirá!

Abraços, seu pai.

A dor do corte que carregava no abdômen não se comparava à dor que tinha no coração. Ah, como seus pais eram loucos! Ele se lembrava agora do balanço na goiabeira, dos bolinhos, abraços, risadas, livros, histórias, brincadeiras. A infância lhe voltou à mente e isso trouxe algo de que ele sentiu falta durante toda a estadia no inferno, ele se lembrou do próprio nome. Sorriu e levou as mãos à cabeça. Cada detalhe voltou como se fosse um fragmento. De quando aprendeu a andar de bicicleta até uma quinta-feira de verão, em seu aniversário de nove anos. Uma peça de quebra-cabeça que fazia parte do mais belo mosaico. Tal beleza lhe causou um calafrio que se desenvolveu em tosse e sangue.

Limpou os lábios e estava prestes a gritar seu nome, dentro da própria cabeça, mas o ouviu vindo do exterior do quarto. Aquilo o pegou de surpresa, os dedos amassaram o papel que antes segurava com imensa delicadeza. Enquanto a porta se abria, sentiu o sangue gelar nas veias, e sentiu, além de tudo, medo ao se deparar com aqueles olhos tão marcantes.

— Vejo que finalmente acordou, Augusto — observou Baal, adentrando o quarto.

* DOMÍNIO DOS PRECONCEITOS *

A última esperança, então, foi buscar apoio na imagem que já tanto desprezou. Samael desceu da carruagem e se deparou com a comoção que cercava a torre. Os condenados estavam ajoelhados, com os rostos colados ao chão e as mãos apontando para o céu. Muitos deles choravam, gritavam de pesar. Ver aquela cena atípica fez o antigo rei do inferno tremer. Com tanta cautela quanto receio, caminhou por entre os casebres e, assim que se aproximou da morada de Azazel, foi recepcionado por anjos. Dois alados desceram do céu e, com imenso respeito, estenderam as mãos para o visitante. Imaginando o pior, o diabo reparou que pelos rostos de seus anfitriões escorriam lágrimas.

O trio adentrou a torre e voou até os andares mais altos. Samael foi carregado e solto sobre o chão daquele piso, onde cobriu a boca ao ver o corpo da rainha do domínio em repouso sobre a vasta cama. As grandes e belas asas cobriam o cadáver do anjo, servindo assim como a mais impecável mortalha. Ao redor do móvel, dezenas de anjos mantinham vigília, todos soluçavam e, vez ou outra, era possível ouvir um murmúrio sobre vingança.

— Ah, Azazel! — Samael se aproximou da cama e tocou os cabelos da rainha. — Minha bela valquíria! O que fizeram com você?

— Traição! — gritou um dos anjos, escorado no ombro de seus irmãos.

— Diga-me o que sabe — o diabo encarou o alado, sem conseguir disfarçar a emoção da voz —, Dimas, filho de Azazel.

O filho estava visivelmente debilitado. Pálido e trêmulo, parecia estar se esforçando muito para manter os olhos abertos. Ele se soltou dos ombros dos irmãos, cambaleou até próximo ao visitante e caiu de joelhos. Samael se agachou e tocou-lhe os ombros.

120

— Leviatã! — Dimas sibilou. — Ela mandou um presente com um condenado estranho. Subestimei o humano, foi minha culpa! Ele parecia tão inofensivo, tão fraco! Na caixa havia uma armadilha, uma serpente fumacenta que invadiu meu corpo, envenenou meu sangue. Nem a água celestial foi capaz de me curar. Estou definhando aos poucos, meu lorde! A cobra me picou de jeito!

— Fumacenta? — Samael farejou o ar. — Ectoplasmas... Zebub! Ah, não, pensei que ele estava sendo mantido prisioneiro, mas talvez ele tenha sofrido do mesmo destino de sua mãe... não! Leviatã não seria tão tola, ela provavelmente o está mantendo vivo para barganhar algo. Ela sabe o quanto Zebub é importante para mim, não seria tola de lhe fazer mal!

— A única coisa que aquela víbora quer — tossiu o anjo — é guerra!

— Vamos ao covil da cobra! — gritou um dos anjos.

— Levaremos nossa fúria — outro se pronunciou, o grupo se manifestou a favor do pedido. Berraram ameaças, o ódio sobrescreveu o luto.

— Tenham calma. — Samael se ergueu, levantando as mãos. — Zebub é um amigo valoroso e fundamental para nosso sucesso, primeiro precisamos averiguar se ele está bem. — Estendeu a mão para o anjo caído, Dimas a aceitou. — Azazel me disse várias vezes o quanto você se destaca dentre seus irmãos, seja no campo da diplomacia quanto nas guerras. Não vejo melhor guerreiro para estar ao meu lado. Primeiro preciso curá-lo, pois virá comigo ao domínio da serpente!

O diabo segurou o rosto de Dimas, levantando o queixo do anjo para cima e o fazendo abrir a boca. Assobiou e, pelo buraco no chão, veio um diabrete. A criatura voou em algazarra até pousar no ombro de seu mestre.

— Limpe-o por dentro! — ordenou o diabo.

A bestinha saltou para a bochecha do anjo e, sem qualquer forma de aviso, cuspiu fogo na boca do alvo. Samael pressionou o maxilar de Dimas e o traidor tremeu e grunhiu enquanto

121

O SILÊNCIO DO VENENO

a chama o consumia por dentro.

— Aguente! — brandiu o diabo, encarando os demais filhos da rainha do domínio, que mesmo apreensivos, mantiveram-se parados. — Fogo de diabrete é a única coisa que queima ectoplasma!

Foi necessário que o procedimento se repetisse mais duas vezes. No final, Dimas desmaiou, mas Samael confortou os demais anjos, alegando que o irmão deles ficaria bem. Voltou para o leito e se ajoelhou, segurou a mão de Azazel, e fechou os olhos. Permaneceu naquele momento de intensa reflexão até que algo lhe ocorreu.

— Alguém aqui viu o golpe que a matou? — questionou Samael, sem obter resposta. — Alguém viu como o mortal fugiu? — Samael rangeu os dentes, mas em retorno recebeu novamente o silêncio. — Pois bem, arrancarei até o último detalhe de Leviatã. Avisem-me assim que Dimas conseguir ficar de pé novamente e estejam de prontidão. A retaliação não tardará!

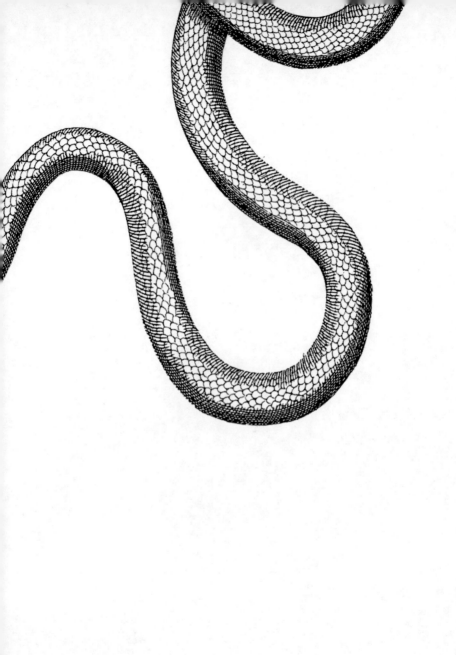

CAPÍTULO IX A MUI INVEJOSA

POIS O PRECONCEITO É A NUANCE MAIS REPUGNANTE DA INVEJA.

* MASMORRAS *

Baal, a idosa, aproximou-se da cama e puxou a cadeira. O servo também adentrou o quarto, se aproximou e parou próximo à mulher, ele a encarava com preocupação. Virando o rosto para a porta, o mortal logo percebeu que não entraria mais ninguém. A saudade da donzela lhe corroía o peito feito ácido. Caso pudesse, gritaria por ela. Logo o anseio deu lugar à ansiedade enquanto pretendia contemplar aqueles lindos olhos cintilantes, era encarado por olhos esbugalhados que em momento algum vacilavam.

— Deve estar pensando o porquê de eu não piscar, certo? — questionou Baal, seus lábios murchos se contorceram em um sorriso bizarro. — Bem, cada um aqui nesse reino tem o seu jeitinho de fazer magia. Sejam cobras que se transformam, um charuto de ectoplasma ou até asas. Digamos que eu seja menos... espalhafatosa! Quando meus olhos se fecham, por um momento sequer, eu sonho até acordada. Vejo o passado, o futuro, o perto e o longe. Não faço com frequência, pois me perco nas visões e posso até ficar eras nesse estado. De olhos fechados eu enxergo muito mais, pois é assim que encontro histórias — a mão ossuda e enrugada tocou o lençol da cama — e nomes.

Aquela aproximação repentina fez o mortal recuar, assim como gemer de dor, causado pelo movimento brusco. Ele agarrou a caixa sobre o colo e fechou os olhos, aguardando o incômodo passar, mas quando voltou a enxergar, Baal ainda estava ali.

— Não se assuste, meu jovem — a voz da idosa de alguma

O SILÊNCIO DO VENENO

forma o tranquilizou —, vim a pedido da rainha desse domínio. Isso mesmo! Ah, vejo o amor que seu rosto refletiu. Não se envergonhe, todos amam, todos se arrependem. Não, ainda não é o seu caso. Assim como qualquer inocente, você é um péssimo juiz de caráter. Não! Não se irrite. — Baal lia as emoções de Augusto com facilidade. — Não vim causar intrigas, muito pelo contrário, vim deixá-lo mais motivado pela causa. Veja bem, você está certo, mas saiba que você não a ama diretamente. Em vez disso, ama a imagem que criou dela, a colocou em um pedestal dentro da sua cabeça! Faz sentido? Então, guarde isso que é importante.

Baal se ajeitou sobre a cadeira, a qual parecia desconfortável. Ela estendeu o braço e pegou uma das cartas. Abriu-a e encarou as palavras, sem demonstrar grande interesse.

— O amor pode ser libertador, veja só o que seus pais fizeram! Todas as montanhas que moveram para fazê-lo feliz, ou dar paz de espírito a eles próprios por apenas terem tentado, não dá para saber. — Baal devolveu a carta, posicionou as mãos sobre as pernas e bocejou, sem fechar as pálpebras, como um gato. — O amor pode ser forte, em minha época eu cedi à tentação por Zebub, nós éramos inseparáveis, por algumas eras nos tornamos um só. O melhor sobre os bons tempos é que em nossa memória eles são muito melhores do que de fato foram. Só que o amor teve suas consequências, nós nos tornamos Belzebu! Esse nome não lhe causa um arrepio na espinha? Pois bem, causou o mesmo em nosso senhor Samael, o primeiro de nós a cair. Então, para diminuir o risco, ele nos separou. Isso doeu mais em mim que no pobre Zebub. Mas o que eu poderia fazer, não? Se o amor estivesse alinhado, tão belo quanto recíproco, nunca que a separação teria acontecido.

Santinho recuou um passo, temendo algum tipo de represália. A face do lacaio entregava qualquer sinal de culpa possível de se encontrar. Repetidas vezes, aquela mente torturada reviveu a imagem maldita do ataque pelas costas. De quando a espada atravessara o peito do visitante.

— Está pensando que o assassinato de Zebub me causaria algum tipo de ira, criado? — Baal disse, docilmente, em tom jo-

126

coso. Santinho não se moveu. — Não seja bobo, talvez minha melhor qualidade seja a capacidade de me desapegar com facilidade. Ainda mais de alguém que não sabe qual lado escolher. Como ela suspeitava, Samael tinha o plano de aparelhamento dos domínios, causando assim a dissolução do conselho. Ah, que golpe seria para mim, já que o temor pelo poderio da minha união com Zebub causou tamanha preocupação em nosso antigo líder. Logo ele, que precisa segurar na mão de alguém para governar. Então, não! Não me sujeitei ao luto daquele ser, ainda mais quando vi, ao fechar os olhos, quem ficaria ao lado do opressor. Ah, como invejo essa inocência!

Baal ergueu o braço, coçou a papada e analisou os detalhes do quarto.

— Não me agradou em nada a ideia de perder meu domínio e regredir novamente ao título de capacho! — A idosa voltou a encarar o mortal. — Mas não vim reclamar durante o dia inteiro, então vou resumir. Assim como Deus, o diabo também tem seus favoritos. Zebub foi escolhido. Ele é, ou era, o mais masculino de nós, consequentemente o mais simplório também. O pobre coitado nunca pensaria em se opor a Samael sem a certeza absoluta de que teria uma chance de vencer. Já Azazel... você a conheceu, ela era gentil demais para trair, boazinha demais para esfaquear alguém pelas costas. Após a queda de Samael, foi ela quem propôs que as almas fossem perdoadas após o castigo, mas ela mantinha bem a pose de "durona". Ah, como invejo essa gentileza!

O mortal passou a mão sobre a barriga, sentindo a chaga causada pela mulher alada. Lembrou toda a dor que viu e sentiu naquele domínio infernal adornado por anjos.

— Sabia que não havia nada mais importante para ela, em todo o inferno, que o bem-estar dos filhos? — Baal sorriu. — Temendo que algum deles fosse envenenado, ela sempre provava o alimento primeiro, só após se certificar de que não havia nenhuma forma de ameaça na carne, a dividia com a prole. Em todos os domínios, o de Azazel era o único que podia ter algo capaz de curar. Samael permitiu, pois conhecia bem o coração mole daquela rainha. A água celestial, com a

O SILÊNCIO DO VENENO

qual todos se banham naquele domínio, era sempre borrifada nos casos mais graves de avarias. Ninguém no reino daquele anjo era molestado sem receber o conforto depois. Aposto que aquelas asas tentaram acolhê-lo, tenho certeza absoluta de que ela o alimentou e até curou suas chagas. — Tocou as ataduras. — Até lhe deu roupas da melhor qualidade, não? Bem melhor que seus trapos. Não duvido que até tentou abrir seus olhos quanto a uma cobrinha aí..., mas por azar da rainha da torre, nossa Leviatã é o completo oposto da bondade, ela é sorrateira até o último fio de cabelo colorido. Justamente por isso que continuo ao lado da rainha da masmorra, ela faz o que precisa ser feito! Ah, como invejo essa maldade!

Naquele pequeno cômodo, era notável a irritação dos servos de Leviatã. Ambos estavam indignados com aquelas palavras sobre a donzela que os acolhera.

— Se acalmem! — Baal ergueu os braços na tentativa de diminuir o ânimo dos ouvintes. — Não vim falar mal da rainha de vocês. Augusto, vim dizer que Leviatã, usando um feitiço que não compreendo bem, colocou um falso passado em você, ela enganou a todos! Todos nós pensávamos que era um suicida que abandonou os pais, mas isso não é a verdade! Só ela sabe como foi seu passado, qual a sua verdadeira história! Acredito que o feitiço dela bloqueou sua memória também, então é possível que consiga se lembrar até certo ponto, mas por mais que tente nunca avançará mais do que isso. As cartas são verdadeiras, devem ter ajudado em parte. Caso ainda queira saber o motivo de estar aqui, sugiro que, quando a hora chegar, saiba a quem deve ajudar.

Baal se levantou da cadeira, caminhou até a porta e parou próxima ao lacaio.

— Você também, meu cavaleiro. — A mão de Baal acariciou o rosto do servo, o qual não resistiu. Ela afastou os cabelos do rosto do corcunda, revelando uma cicatriz em forma de espada na testa do sujeito. — Compreendo sua compaixão por Augusto, de alguma forma ele lhe lembra alguém, não? Um pobre pecador que já foi inocente. Por várias vezes você foi nosso herói, Judas. O inferno lhe fez bem, pelo menos aguçou sua empatia, até resgatou nosso Augusto sem o consentimento de Leviatã. Parabéns por isso, agiu da forma mais correta possível. Não volte a ser quem era, conto com você, obrigada.

A idosa saiu do cômodo sem olhar para trás e desapareceu no corredor. Augusto e Judas se encararam por alguns segundos até que o servo mais antigo também deixou o quarto. Após refletir muito sobre a vida e desventuras, o mortal fez um gigantesco esforço para deixar a cama. Em pé, olhou para o próprio corpo e notou que estava vestido novamente em seus trapos sujos e pesados. Somente a atadura que lhe cobria a ferida se destacava, sendo provavelmente o único pano limpo e novo na masmorra, a não ser pelas vestes de Leviatã. Não demorou muito para notar que o tecido da atadura pertencia à toga que Dimas, no reino de Azazel, dera-lhe com imensa casualidade. Improvisando uma muleta com a madeira quebrada da escrivaninha, saiu para o corredor. Caminhou sozinho pelo túnel iluminado por archotes, passou pela sala de jantar — o cômodo estava vazio —, seguiu para as escadas e, gemendo a cada degrau, subiu para o exterior da masmorra.

* DOMÍNIO DAS RIQUEZAS *

Quase desmaiou diante da dor sentida quando se apoiou nos escombros, mas mesmo com as lágrimas no rosto ele se manteve firme até conseguir se sentar e olhar para o céu. As nuvens vagavam abaixo do plano avermelhado, não havia qualquer sinal de diabetes. Não importava para qual direção olhasse, não encontrou provas de que algo já havia voado por aquelas bandas. Talvez as criaturinhas finalmente tivessem aprendido os perigos daquele domínio. Aguardou por horas, mas nenhuma outra carta veio, quando fez menção de voltar para o quarto, viu uma carruagem se aproximar pela estrada. Dois diabetes conduziam os cavalos infernais, enfrentando o terreno acidentado com maestria. Manteve-se firme no lugar até que o veículo parou e abriu as portas. Tentou se levantar para recepcionar os visitantes, mas foi impedido por um aceno cortês. O diabo e o anjo se aproximaram do maldito.

O SILÊNCIO DO VENENO

— Olá — disse Samael. Erguendo a mão, um dos diabretes lhe entregou um invólucro, o qual foi em seguida oferecido ao humano. — Acredito que esta seja a última. Pedi para Zebub lhe trazer a mim, mas isso não se concretizou. — O humano tentou pegar a carta, mas Samael hesitou e a guardou no bolso do paletó. — Não. Ainda precisamos conversar sobre diabretes desaparecidos. Agora, caso possa nos acompanhar, temos assuntos a tratar com a rainha deste domínio.

— E depois conversaremos, Piolho — disse Dimas, rangendo os dentes.

A dupla deixou o humano sobre os escombros e desceu a escadaria. Augusto olhou fixamente para os que adentravam a masmorra, pensou em se jogar lá, rolar pelos degraus e assim conseguir avisar Leviatã sobre o que estava chegando, mas antes que pudesse se levantar, sentiu algo diferente, uma certa hesitação. O homem permaneceu sentado, olhou para a carruagem e se lembrou de respirar. Pensou em subir no veículo, agarrar as rédeas e fugir para o mais longe que pudesse. Talvez encontrasse algum lugar no inferno que lhe fosse mais gentil. Abaixou a cabeça e coçou os cabelos, sentiu a dor no abdômen, mas essa não era nada comparada à dor de ter assuntos ainda pendentes. Levantou-se e pegou a muleta improvisada, olhou uma última vez para o céu alaranjado e acenou para os diabretes da carruagem, mas a dupla não demonstrou qualquer interesse. Desceu as escadas.

SALA DE JANTAR

No local de honra, estava sentada a rainha do domínio. Em postura impecável e semblante sério, ela encarava a marca circular que outrora o charuto de ectoplasma deixara no móvel. Sentado próximo à marca, Samael parecia apreensivo enquanto era alvejado pelo olhar caótico de Baal, à sua frente. Dimas se contentou em permanecer em pé, uma vez que Leviatã não permitiu que Judas fosse usado como banco.

— A que devo o prazer desta inesperada visita? — Leviatã perguntou, erguendo o olhar cintilante. Os cabelos negros como a noite combinavam com o vestido perfeito para um funeral.

— Quero explicações! — exigiu Samael. — Primeiro, o que houve com Zebub? Ele ainda vive?

Baal cobriu a boca, disfarçando o risinho. Dimas a censurou com o olhar.

— Sim, rei deposto. — Leviatã sorriu. — Neste momento está trancado em uma de minhas celas. Santinho, pode nos trazer vinho?

O servo acenou com a cabeça e se dirigiu para a cozinha, no caminho encontrou Augusto e demonstrou, da melhor forma que um olhar poderia, o quanto estava apavorado. O novo mantenedor de sofrimentos retribuiu o contato visual e mancou em direção à mesa, onde se manteve parado a cerca de vinte passos da donzela. Se alguém reparou em sua aproximação, não demonstrou.

— Pretendo levá-lo de volta — disse Samael, tirando do bolso do paletó o charuto branco, costurado, e o posicionando em pé acima da marca na mesa. — Não tem o direito de manter um rei de domínio preso contra sua vontade.

— Não contra sua vontade — Baal retrucou. — Ele praticamente implorou para que Leviatã o mantivesse longe de você.

— Passamos pelo seu reino antes de vir para cá, Baal — o antigo rei a informou, apontando para Dimas e para si. — Lá estava uma bagunça. Vários, se não todos, os seus condenados estavam em pedaços. Almas fragmentadas e irrecuperáveis! Estavam em imensa agonia, algo bem cruel de se ver. Zebub uma vez me disse que você poderia abrir seus olhos se sacrificasse seus condenados, mas tal atitude abominável vai contra tudo em que acreditamos. Então lhe pergunto, por que se recusou a fazer isso quando pedi, mas depois fez mesmo assim?

— Não lhe devo explicações. — O tom de voz da idosa foi seco. — Faço o que quero, quando quero.

— Ah, desculpe! — Samael ergueu as mãos. — Vejo que a

131

O SILÊNCIO DO VENENO

deixou irritada saber que Zebub me contava seus segredinhos. É tão ruim, não é? — Virou o rosto para Leviatã. — Ser traído.

Judas se aproximou com a bandeja. Distribuiu os cálices e os encheu de vinho. Dimas recusou a oferta. Por sugestão de Leviatã, Judas deixou o jarro sobre a mesa e se afastou. Caminhou até o lado de Augusto e ali permaneceu.

— Sejamos profissionais, antigo rei — Leviatã se pronunciou, tomando o primeiro gole da bebida, sem cerimônia. — Este domínio é meu e não tolerarei esse tipo de comportamento. Foi justamente por essa sua conduta infantil que perdeu o trono.

— Eu não o perdi! — Samael socou a mesa, o charuto caiu. — Ele foi tirado de mim! Foi tirado por vocês!

— Veio sozinho, Dimas? — Leviatã questionou, ignorando o diabo. — Onde estão seus irmãos?

— Preferiram vir voando — respondeu o anjo. — Podem chegar a qualquer momento.

— A pedido meu — Samael aparentava estar mais calmo —, Dimas veio comigo. Poucas coisas no inferno viajam mais rápido que as minhas carruagens.

— Sempre querendo contar vantagem, não? — Baal também tomou o vinho. — Seria Dimas seu novo mascote?

— Sinto que não estamos chegando a lugar nenhum nessa conversa. — Samael recolocou o charuto no lugar. — É o seguinte: condeno Leviatã por alta traição. A partir de hoje perderá seu título de rainha do domínio. Zebub, assim que liberto, assumirá sua posição. Você, cobra, será condenada a sofrer no reino de Azazel. Fará parte da torre dos orgulhosos até que eu considere libertá-la. Baal, você poderá...

— E o que o faz pensar que... — Leviatã o interrompeu.

— Estou retornando o comando de todo o inferno e... — Samael continuou, irritado.

— Quem lhe dá o direito? — questionou a rainha.

132

— Eu herdei o direito! — O diabo arranhou a mesa.

— Você não pode! — Baal ergueu o tom.

— Chega! — Samael socou a mesa mais uma vez, taças caíram, vinho foi derramado. — Eu quero ser obedecido!

— E nós queremos ser ouvidas! — retrucou Baal.

— Tudo era bem melhor antes! — insistiu o diabo.

— Melhor para você, que estava no comando — Leviatã sorriu.

— Vocês acham que podem fazer o que bem querem? — O demônio se levantou. — Diga-me, Leviatã. Eu pensei muito sobre suas trapaças, fale se estou errado! Não foi você quem me traiu? Quem arquitetou o plano para me tirar do trono? Organizou aquele motim ridículo só para me fazer sofrer, só para sentir uma parte do poder que eu carregava! Eu já entendi tudo! Você enganou a todos nós, trouxe esse mortal — apontou para Augusto — e ele era um inocente! Não merecia ter vindo para cá, mas você deu um jeito, fez essa abominação acontecer, colocou memórias falsas nele e, enquanto todos prestávamos atenção a esse palhaço, fez seu joguinho por trás da lona do circo!

Augusto recuou um passo, incrédulo pelo que ouviu. Olhou para baixo em uma tentativa de buscar a resposta nos olhos de seu amigo, mas Judas já não se encontrava ao seu lado. Imaginando o que aconteceria a seguir, o novo servo das masmorras olhou para debaixo da mesa, bem quando Santinho retirava a espada do suporte.

— Estou certo, não? — Samael clamava por atenção e confirmação. — Mas tudo acabou agora! A qualquer momento os anjos cairão do céu, nem você pode contra todos os filhos de Azazel!

— Pobre diabo. — Leviatã levou a mão ao rosto, cobrindo o sorriso. — Eu conto ou você conta, Dimas?

Samael virou sua atenção para o anjo, encontrando a confir-

O SILÊNCIO DO VENENO

mação da traição nos olhos do último aliado.

Aproveitando o descuido, Judas atacou! Avançou por debaixo da mesa, apontando a espada para o peito do diabo. Samael, por sua vez, agiu com tanta maestria quanto ódio. Por puro instinto, desviou do golpe, agarrou o punho do servo com uma mão e a outra segurou o ombro, arrancando assim a espada e o braço do inimigo. Dimas saltou sobre o antigo rei, envolvendo o pescoço do alvo com seus braços.

— Dimas! — Samael rangeu os dentes sob o domínio do anjo. — Seus irmãos!

— Eles não virão, Samael — confessou o alado, aos prantos. — Ela me prometeu o domínio de minha mãe.

— Dimas está ao meu lado. — Leviatã se levantou, afastou a cadeira e olhou por cima da mesa, buscando pela espada. — Você ao menos sabe o quanto ele odiava fingir amar a servidão? Um anjo que não quer mais baixar a cabeça... não recorda alguém?

— Tolo! — Samael cuspiu. — Eu lhe daria o mesmo!

Dimas demonstrou confusão, afrouxando assim o aperto, possibilitando que Samael agarrasse o jarro de vinho e quebrasse na cabeça do anjo. O diabo assobiou e não tardou para que os diabretes, que antes guiavam a carruagem, adentrassem a masmorra. Cuspiam fogo em qualquer um que não fosse seu mestre. As chamas, incentivadas pela bebida, abraçaram as asas do anjo. O filho de Azazel soltou o diabo e, aos berros, tentou rolar pelo chão para apagar o incêndio que agora já consumia sua toga. Aparentando ser uma bola de fogo, o anjo correu em direção às escadas da masmorra, deixando plumas incandescentes pelo caminho.

— Eles me acordaram cedo demais! — disse Baal, horrorizada. — Isso eu não vi!

Augusto recuou para dar passagem ao anjo em chamas. Suas pernas tremiam enquanto cobria a boca escancarada. Assim que conseguiu reagir, mancou até Judas, o qual estava caído ao chão, desacordado. Pela ferida do braço arrancado, não saía

134

sangue. A pele cinza parecia seca como a casca de uma árvore morta há décadas, como se o servo fosse um boneco de madeira e nada além disso.

Leviatã ergueu os braços e conseguiu capturar um dos diabretes, quebrou-o ao meio e, quando buscou pelo outro, notou ser tarde demais. A criaturinha havia incendiado a cabeça de Baal, a qual caiu ao chão em gritos de pavor. Antes que pudesse fazer algo, sentiu dedos firmes lhe envolverem a cabeça e a acertar contra a mesa. As mãos do diabo a prendiam sobre a madeira, enquanto seus aliados caíam feito moscas.

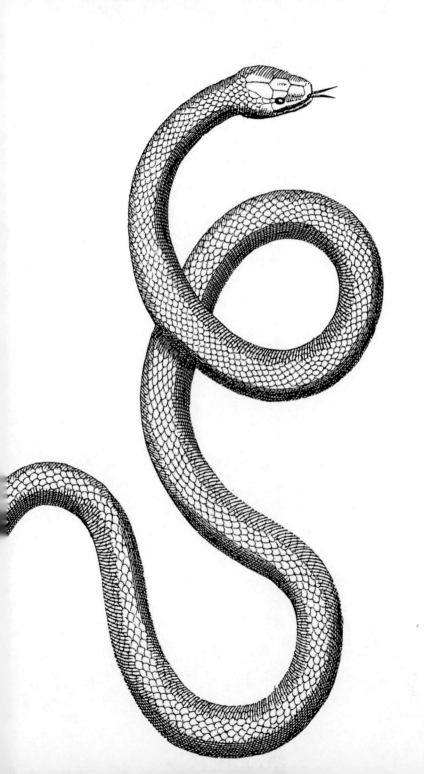

CAPÍTULO X O MUI FELIZ

POIS OS MOMENTOS DE FELICIDADE SÃO COMO ESTRELAS CADENTES EM UM CÉU DE TRISTEZAS

* SALA DE JANTAR *

Leviatã conseguiu girar o corpo, soltou-se do aperto e arranhou o rosto de Samael. O diabo, não se deixando incomodar pelo golpe, avançou novamente sobre a rainha do domínio e a agarrou pelos cabelos. Com lágrimas de ódio nos olhos, o antigo rei levou a luta para as pedras, onde pressionou a cabeça da inimiga contra a parede, na tentativa de lhe esmagar o crânio. Leviatã, sentindo a pressão sobre si, viu-se longe demais da espada, tentou abrir a boca para gritar pela ajuda do criado, mas notou o diabrete pronto para lhe dar o mesmo castigo de Baal. Dentre os cabelos da rainha do domínio, cobras se destacaram e morderam as mãos de Samael, o qual gritou sem não vacilar sob o ataque.

Augusto, com os movimentos limitados pela dor, se arrastou até a idosa. Arrancou os panos empapados de sangue que lhe cobriam o abdômen e os utilizou para extinguir as chamas que ainda restavam na cabeça da vítima. Ao apagar o fogo, percebeu que as pálpebras e boa parte da pele foram incineradas. Os dedos trêmulos de Baal agarraram o braço do mortal, os lábios tremeram e palavras foram sibiladas.

— Leviatã — gemeu a mulher caída —, ela é a nossa única chance.

Augusto, em um ato gentil, segurou a mão de Baal e buscou sua donzela com o olhar. Leviatã e Samael ainda travavam o duelo. O antigo rei tentava implodir a cabeça da rainha do domínio contra a pedra, mas parecia perder aos poucos as for-

O SILÊNCIO DO VENENO

ças. O pequeno diabrete voava de forma desesperada, tentando achar um modo de queimar a face de Leviatã sem machucar o próprio mestre. Assim que pensou que poderia chamuscar as pernas da donzela, o diabinho desceu e, antes que pudesse cuspir suas labaredas, foi capturado.

O mantenedor de sofrimentos sabia que não era páreo para Samael, ainda mais em seu estado deplorável. Não seria capaz de atacar o diabo com a espada, isso se conseguisse levantá-la, muito menos um golpe de sua muleta seria efetivo contra aqueles monstros. Imaginou então que havia outras formas de derrotar a besta. Segurou o diabrete, que se debatia e arranhava, andou até Judas, apertou o estômago do diabinho e houve fogo.

Leviatã rangia os dentes enquanto metade dos polegares afundavam nas órbitas de Samael. Seus pés se debatiam e chutavam o agressor, mas não surtiam muito efeito contra o diabo. Então viu, para seu alívio, o socorro chegar. Naquele instante ela recuou os braços, deixando a cabeça do homem livre, o qual estranhou o movimento, mas não cedeu em sua tentativa de machucá-la. Antes que pudesse refletir sobre os motivos da inimiga, sentiu algo abraçá-lo em volta da cabeça e, em seguida, todos os seus sentidos desapareceram.

— Bem pensado, cachorrinho — disse Leviatã, agora livre, sorrindo com as mãos na cintura. Seu estado era lamentável, mas tentava ao máximo disfarçar os danos que sofreu. — O que ele estava tentando fazer? Deixar minha cabeça deformada? Que idiota!

A rainha e o maldito ficaram em pé, encarando o rei das mentiras caído ao chão, com uma aranha enroscada em volta da cabeça. Ele estava imóvel, sucumbindo aos poderes da criatura infernal. A mesma aranha que, momentos antes, formava a corcunda de Judas.

— Isso não vai funcionar por muito tempo. — Leviatã suspirou, disfarçando o desgaste. — Ali embaixo da mesa está uma parte do braço do Santinho. Os dedinhos dele ainda estão agarrados à espada... pode trazer a arma até aqui?

Augusto mancou até a mesa, segurou no pedaço de membro e o puxou, ele trouxe consigo a lâmina mortal. Por um segundo ele hesitou, mas depois segurou firme o cabo e sentiu toda a mão, para depois o braço inteiro, formigar. Assim que trouxe a espada à luz, sentiu como era pesada. Assustou-se ao notar como a pele de seu braço direito ganhou uma coloração acinzentada, semelhante à pele de Judas. Com dificuldade, Augusto arrastou a lâmina até o corpo do diabo e, sem sucesso, tentou erguê-la.

— Pobre cachorrinho. — Leviatã se aproximou do servo e envolveu seus pulsos, sem tocar a arma. — Deixe que o guio.

Naquele momento, os braços de Samael se ergueram em direção à aranha, tentando arrancar a criatura. Leviatã puxou os pulsos de Augusto, sorriu e deixou o peso da espada cuidar do resto. A lâmina caiu, cravando-se no peito do diabo, terminando assim seu reinado.

— Sabia que iria funcionar! — Leviatã se gabou, caminhando até a mesa e se jogando na cadeira. — Ah, essa espada é ótima! Nunca falhou. Cachorrinho, pode fazer o favor de levar esse corpo para a cozinha? Será o meu banquete! Leve a velha Baal também. Depois se encarregue de despejar o corpo do Santinho nos escombros lá fora.

Ela levantou uma das taças caídas e se serviu do que ainda restava de vinho na jarra. Tomou um gole enquanto observava seu servo retirar algo do local onde a espada estava cravada.

— Melhor deixar isso aí — Leviatã o advertiu. — Vai saber o que acontecerá se essa lâmina deixar o peito desse lixo. O que fez com o diabrete? Estou com fome!

Augusto se levantou, segurando o envelope entre os dedos, a lâmina havia atravessado o papel. Para pegar o que lhe pertencia, ele precisou retirar o invólucro pela lateral, deixando um rasgo em forma de V.

— Traga isso aqui! — ordenou Leviatã, mas não foi obedecida. — Não é a melhor hora para insubordinação, cachorrinho. — Ela se levantou, andou até o servo e lhe tomou o

141

O SILÊNCIO DO VENENO

envelope. — Faça o que mandei, depois posso te entregar isso.

Augusto acenou com a cabeça, mancou até Baal e segurou suas pernas. A idosa estava desacordada, mas os olhos permaneciam abertos. Com imenso esforço, o mortal a arrastou em direção à escadaria, gemeu a cada passo e sentiu o gosto de sangue lhe encher a boca. Estranhamente, seus braços pareciam não lhe pertencer, onde a pele estava cinza havia pouca sensibilidade.

— Oh, outra desobediência? — Leviatã o acompanhava de perto, com os braços cruzados. — O que fará com ela? — Encontrou o último diabrete caído ao chão, recolheu o pequeno cadáver e começou a devorá-lo. — Fiquei muito curiosa quando soube que os diabretes conseguiam trazer coisas do mundo humano para cá. Resolvi estudar os bichinhos, comecei até a devorar alguns deles. Então, prezando garantir que um certo destino, no qual eu voltaria a ser serva desse traste aí caído ao chão, nunca ocorresse... busquei formas de assassinar os opositores. Uma forma bem eficiente de se exorcizar um diabo é usar objetos sagrados, isso lá no mundo humano, aqui no inferno é tiro e queda. Puxei lá do mundo humano uma arma abençoada. Foi um golpe de sorte, almejei trazer a espada e veio junto um sujeitinho que sabia usá-la como ninguém. — Leviatã apontou para Judas. — Apresento-lhe o homem que causou o inferno na Terra, meu santinho de estimação! De cavaleiro templário caçador de bruxas a escravo, sabia que ele se perguntava se algum dia seria um herói?

Leviatã observou Augusto erguer Baal nos ombros e iniciar a subida dos degraus. O belo vestido tremeluzia sem vento, ela seguiu o servo de perto pela escadaria. Leviatã já havia devorado o diabrete, agora lambia os dedos.

— Só que os diabretes não duram muito depois que trazem algo do outro lado. Há um desgaste imensurável e não é fácil de se lidar. Eu, pelo menos, superei o meu me alimentando de carne nascida no inferno, o que ajudou em parte, pois além de me manter viva, houve um efeito colateral. Eu fiquei viciada... mea-culpa! Só que ainda meu plano não era infalível, eu precisava de alguém capaz de distrair, fazer os outros baixarem a

142

guarda. Só um inocente poderia levar armadilhas sem levantar grandes suspeitas, e ser tão subestimado a ponto de fazer alguém como Azazel enfiar a mão na barriga dele sem antes olhar o que tinha dentro! — O sorriso de Leviatã estava carregado de maldade, as mãos dela cobriam os olhos enquanto a claridade do exterior se aproximava. — Mas onde achar um inocente no inferno? Minha ideia foi certeira, trouxe alguém sem pecados para cá. Busquei pela alma mais gentil das redondezas e a encontrei entrevada em uma cama. Não se lembra da noite em que te busquei?

O humano não se deixou abalar pela lembrança do vulto no canto do quarto. Seguiu subindo e suportando a dor. Baal parecia ficar a cada degrau mais pesada.

— Você teria uma passagem direta para o paraíso — continuou a donzela. — Novamente, mea-culpa! Foi fácil implantar pecados em sua cabecinha, só precisei apagar o que já tinha lá, o que, convenhamos, não eram lá grandes coisas. Foi bem fácil achar material para substituir aquilo que você perdeu, o que não falta nessa masmorra são memórias pecaminosas. Cada aranha possui milhares delas! Só precisei de alguma que se encaixasse no seu perfil. Fiz um bloqueio para você nunca conseguir lembrar desses pecados falsos, assim não teria o risco de alguém perceber ou você assumir a personalidade do doador de pecados. Depois foi só fazer você entrar pelo mesmo lugar das outras almas, e seu destaque de amnésia logo chamou a atenção de todos! Enganei o próprio diabo!

A rainha se afastou novamente, cantarolando enquanto observava Augusto arrastar o corpo de Baal até a carruagem. O mortal a posicionou com cuidado sobre o banco e se afastou do veículo, olhou em volta e viu, caído sobre os escombros, o corpo queimado de Dimas. O anjo ainda respirava, mas de suas asas pouco sobrou além de cinzas.

— Cachorrinho! — Leviatã gritou, ainda no encalço do servo. — Vai tentar salvar esse filho desnaturado também? O que está planejando?

Ignorada, a rainha observou o mantenedor de sofrimentos tossir violentamente, cobrindo a boca com a mão e depois ad-

O SILÊNCIO DO VENENO

mirando a palma suja de sangue. Ele levou a mão até o único bolso do farrapo que usava como calça e caminhou até Dimas. Segurou o anjo pelos tornozelos e o arrastou até a carruagem.

— Que cara é essa? — questionou a soberana. — Vai dizer que se arrepende do que fez? Não concorda que me servindo você teve bons momentos? Olha só para você, está de pé, a primeira coisa que fiz foi curar seu corpo quando chegou! Ainda o deixei me tocar, nós viramos amigos e sei que você até tinha segundas intenções comigo, não vá negar! Sua vida aqui é melhor do a que tinha antes de morrer, e claro que muito mais animada do que teria se fosse para o paraíso! Sei que houve momentos difíceis, mas foi um terror pro bono! Você deveria é abrir essa boca e me agradecer. Ah, desculpe... Você ainda é o meu cachorrinho que não late!

Augusto, após posicionar Dimas no interior da carruagem, ao lado de Baal, olhou nos olhos de Leviatã enquanto tirava do bolso o que tossiu para fora momentos antes. Entregou-lhe o silêncio que guardou por tanto tempo. A pérola ensanguentada caiu sobre a palma da rainha do domínio, que agora era a monarca que comandava todo o inferno. Logo em seguida deu de ombros e mancou em direção à escadaria.

— Não! — disse Leviatã, encarando a pérola — Não vou deixar que leve o Santinho também. Ele ficará comigo.

Não discutiu, o mortal somente recuou e, com dificuldade, subiu na carroça. Tomou as rédeas e as chicoteou. Os cavalos iniciaram a marcha em direção ao reino da finada Azazel, onde permaneciam as águas celestiais.

* TORRE *

Sentado sobre o chão no interior de um dos barracos, sob a sombra da construção colossal, Augusto admirava o céu pela janela. Após a segunda queda de Samael e a ascensão de Leviatã, as nuvens começaram a vagar por uma paleta de cores. O tradicional laranja foi substituído por algo que lembrava os cabelos da rainha do inferno, a oscilante aurora boreal bela e, ao mesmo tempo, tão melancólica. O humano, após entregar Dimas aos anjos, foi bem acolhido e tratado. Baal também foi tratada com carinho pelos filhos da mulher que tanto assombrou os pensamentos do mantenedor. Uma vez recuperado, estava organizando seus sentimentos e pensamentos, arquitetando um plano para resgatar o único amigo que teve em toda sua "vida póstuma".

A porta do casebre recebeu algumas pancadas, sem delongas ela se abriu, revelando a visita. Augusto sorriu ao ver Baal entrar em sua moradia e ficou animado ao ver que ela não estava sozinha. Não havia qualquer sinal de queimaduras nos visitantes, as águas celestiais de Azazel faziam milagres. Logo após a idosa entrar, foi seguida por Dimas e, carregado em seu colo, Judas.

O anjo colocou o servo no chão e observou o momento de ternura entre os capachos de Leviatã. Eles se abraçaram e sorriram, sem tentar buscar palavras para o reencontro.

— Não foi fácil convencer Leviatã a permitir esse encontro — Baal tomou o anjo pelo braço —, mas acho que lá no fundo, ela ainda sabe que lhe deve um favor ou outro.

— Eu tentei convencê-la de extinguir sua pena, Augusto — Dimas lamentou, suas penas manchadas estavam mais lindas que nunca —, mas ela ainda quer que você continue aqui no inferno.

— Vamos deixar que conversem. — Baal levou Dimas para fora, fechando a porta atrás de si. — Pobres coitados.

Judas enfiou o braço restante nos trapos que vestia e retirou um envelope. Sorrindo, entregou-o para Augusto, que o recebeu com lágrimas nos olhos. Finalmente poderia ler a última carta, saber o que seus pais tinham a dizer. Judas se sentou no chão e observou enquanto o amigo recolhia com cuidado o que sobrara da carta rasgada. Suspirou antes de iniciar a leitura.

04 DE FEVEREIRO

Querido filho amado,

Escrevo esta última carta com um enorme pesar no coração. Como disse, realmente não escreverei mais e isso me dói de tal forma... poucos momentos em minha vida foram tão difíceis. Seu pai está ao meu lado, voltamos agora de nossa consulta com a Rosa. Lembra dela? Foi a moça que seu pai agrediu, mas agora é nossa psicóloga. Ela disse que tentamos nos enganar e isso quase nos levou à loucura. Eu respondi que a culpa foi nossa, nós é que perdemos o fio da meada, começamos a confundir a realidade com nosso mais profundo desejo. No início, acreditei que escrever cartas para meu filho, como se ele estivesse viajando e pudesse voltar a qualquer momento, era uma ideia meio boba. Mesmo assim, seu pai e eu nos dedicamos a essa tarefa. Ele relutou mais que eu, mas seguimos firmes e empenhados nessa ideia de tratamento ao luto que tivemos. Veja bem, só queríamos conversar mais uma vez com você. Enviamos todas as cartas para o cemitério, acredito que toda vez o coveiro ficava com uma dor no peito quando as depositava no seu túmulo. Rosa está nos ajudando tanto! Gostaria que a conhecesse.

Voltando ao assunto, a psicóloga está desesperada tentando identificar o início do problema, mas não me lembro bem de quando começamos a acreditar que ainda estava vivo. Quando caiu daquele balanço e se machucou... ah! Eu daria tudo para que voltasse a andar, brincar e ter uma vida normal, mas não! O destino foi cruel demais com meu menino. Ainda era tão pequeno, tão jovem. Seu pai disse que você pode ter se assustado com algo, pois era habilidoso demais para cair daquele jeito. Fazia tanto tempo que não limpávamos o quintal, acredita que no dia seguinte encontramos uma cobra lá?

*Passou mais de uma década entrevado em uma
cama, que lástima! Sete anos como um garoto normal, treze como enfermo! Mais tempo vivo naquela
condição do que viveu antes do acidente. Quisera eu
poder trocar de lugar com você. O que me conforta é
que, quando se foi, após viver uma vida sem pecados,
passou direto pelo purgatório e virou anjinho ao lado
de Nosso Senhor! Deus é bom, tenho absoluta certeza
de que Ele guardou algo especial para ti.*

*Sei que nunca lerá tudo o que escrevemos, mas
nos desculpe por qualquer coisa. As manchas no papel são minhas lágrimas, não se preocupe, ficaremos
bem e, assim que Deus nos chamar, estaremos juntos
novamente! Eu te amo, filho!*

Um beijo, de seus pais.

Augusto releu a carta até não saber mais quais marcas no
papel foram causadas pelas lágrimas da mãe ou pelas dele. Sentiu-se imensamente cansado de tudo pelo que passou e, caso
pudesse desejar algo para si, seria deixar de existir. Encontrou o
mesmo sentimento nos olhos de Judas. Forçou-se a sorrir para
o amigo e limpou o próprio rosto. O mantenedor de sofrimentos se perguntou se a verdadeira tortura seriam os pequenos
momentos de felicidade que salpicavam a tristeza que duraria
uma vida.

Abriu a boca para agradecer ao amigo, mas a fechou antes de dizer qualquer palavra. Olhou para a entrada e viu com
imenso pesar que havia um vulto atrás da porta. A mínima
menção ao terror que viveu naqueles domínios despertou algo
em seu coração. A injustiça se transformou em um trauma tão
quieto quanto devastador. Algo maligno que lhe envenenava a
alma aos poucos, sem qualquer alarde. Mas em seu semblante
ficava claro o quão alto gritava o silêncio do veneno.

VENHA PARA O LADO SKULL DA LITERATURA

WWW.SKULLEDITORA.COM.BR

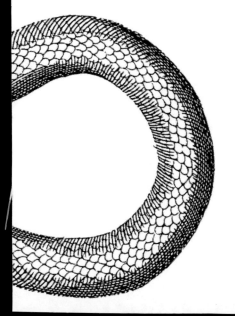